狂化

二宮敦人
Ninomiya Atsuto

文芸社文庫

Contents

ハジメニ

自分が正常だと主張するのは、
狂気じみていると思う。
だから僕は、正常ではなく狂気に、
救いを求めることにした。

FILE.1

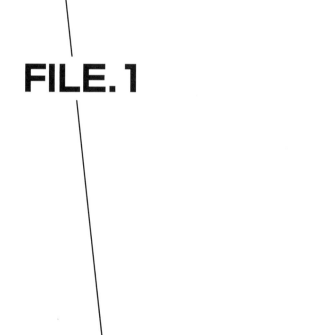

僕はハチ公前で時計を見る。ちょっと早く着いたようだ。まだミカの姿はない。僕はフウッと息をつき、目印になりそうな赤いポスターの近くに立って携帯をいじる。新着メールはない。仕方がないので、過去のミカからのメールを眺めて時間を潰す。

ミカと付き合い始めてからというもの、僕の心は浮かれっぱなしだ。

今日だって朝の六時に起きてしまった。待ち合わせは十時だっていうのに。大学の一限にはいつも寝坊するくせに、自分でも信じられない。

僕はミカの姿を頭の中に描いてみる。

ミカはとても可愛い子だ。丸い宝石のような目、すらりと通った鼻、上品な唇。真っ白で雪のような肌は柔らかい弾力があり、ところどころかすかなピンクに色づいている。そしてサラサラと流れる絹糸のような髪。

あんなに可愛い女の子が僕と付き合ってくれるなんて信じられない。このハチ公前で待ち合わせをしている女の子たちは数あれど、ミカほど可愛い女の子は見当たらない。ひょっとしたら自分は、世界一幸せな男じゃないだろうか。

僕はもう、有頂天だった。

向こう側から歩いてくる人がいる。すぐに分かった、ミカだ。輝きが違う。爽やかな水色のブラウスがよく似合っている。僕の心臓がそれまでとまったく違う速度で動き出し、全身の血液がにぎやかに流れ始める。

「タクヤ君、ここにいたんだね。待たせちゃったかな？　ごめんね」

鈴の音色をもっと優しくしたような心地よい声。

「ううん。ちょうど今来たところだよ。さ、行こう」

自分の心がウキウキと弾んでいるのがよく分かる。実物のミカは、ついさっき想像していたイメージよりもずっとずっと、可愛かった。

僕の一番大切なミカ。


渋谷を適当に歩き回り、疲れた僕たちは少し休むことにした。

カウンター式の喫茶店。ミカは夏でもホットコーヒーを飲む。ホワホワとかすかに浮かぶ湯気を浴びながら、ミカが優しく微笑んでいるのが見える。

「昔さあ、小学校に非常用のボタンがあったじゃない？」

僕は隣に座ったミカに話しかける。

「あー、あったね。消火栓に付いているボタンでしょう」

　ミカはにっこりと笑う。唇が綺麗な半月形を作った。正確に曲線定規で描いたようなその円弧に僕は目を奪われる。

「そうそう。本当に非常時しか押さないでくださいって書いてある赤いボタン。透明なプラスチックに覆われていて、押すときはプラスチックを押し割るやつ」

「やっぱりイタズラする人がいるから、そんなプラスチックカバーが付けられたんだろうね」

　今度はミカは目で笑ってみせた。

　上のまぶたに下のまぶたが近づいていき、二つのクリクリした瞳は二つの半円へと変身する。とても可愛らしい。

「うん。僕さあ、あれを見るたびに押したくて仕方なくなるんだよね。このプラスチックを割ったら、どんな音がするのか。どんな感じなのか。パキッと綺麗に割れるのか、それともカショッて感じなのか。ボタンの重さはどれくらいなのか、冷たい金属の感触があるのか、それともツルツルした感触なのか……。もう気になって気になってしょうがないんだ」

「押したら、消防車来ちゃうんでしょ？　あれ」

「そうらしいね。だから何とか我慢して押さなかったよ。でもボタンを見るたびに、押したいという欲望が体中に湧いてくるんだよね。もう本当、魔法にかかっているみたいだった。フラフラとこう、指をボタンに向けそうになるんだよ。小学校の六年間、ずっとそうだった。だから僕はいつも、ボタンをできるだけ見ないようにしてその場を離れるんだ。必死だったよ」

「何となくその気持ち、分かるかも」

ミカが同意してくれたので僕は嬉しくなる。

「分かってくれる？　良かった。最近思うんだけどね、あのボタンってさぁ、『押しちゃいけない』ものだからあんなに押したくなったんじゃないのかな」

「へえ。なるほど」

「つまりだよ、もしいつでも誰でも押せるボタンがあったら、別に押したくならないと思うんだ。一回くらい試しに押してみるかもしれないけれど、それでおしまい。それ以上興味は持たないし、見るたびに押したい気持ちで葛藤するなんてことはないはずさ。ほら、エレベーターのボタンがそうだろ。階数のボタンなんて押し慣れてるから、どうとも思わないじゃないか。眠いからあくびをする、まぶしいから目を閉じる、それと同じように三階に行きたいから三階のボタンを押すだけ。僕たちにとって階数ボタンは、半ば反射のように淡々と押すものだ。でもね、エレベーターの『非常用』ボタンってあるだろ。物々しい赤色と一緒に『管理人室と音声がつながります』なんて書いてあるやつ。あれは押したくなるよなあ。それで、今は押しちゃダメだ！　っていう気持ちと好奇心とがせめぎ合うわけだよ」

「かもねえ。そういえばこないだ読んだマンガでね。主人公は『押したら自分が死んじゃう』ボタンの置かれた部屋に閉じ込められているんだけど……」

「しかも僕はちょっと新しいことに気がついたんだ。一人っきりでエレベーターに乗っているときよりも、誰かと一緒に乗っているときのほうが『非常用』ボタンを押したくなるんだよ。そのほうが『押しちゃダメ』度が高いからだと思う。何て言うのかな、絶対にやってはいけないことほど、好奇心をそそられるんだよね」

「……うん」

少しだけミカが顔を曇らせた。どうしたんだろう。この話は面白くなかっただろうか。どんな話をしたらミカは笑ってくれるのか。僕は焦る。

「だ、だからさ。そうだ、もう一つ喩《たと》えがあるんだ。ほら、トランプタワーってあるだろ？　トランプを組み合わせて積み上げていくやつ。あれ、僕も好きなんだ。高く積み上げるにつれて難しくなる。最初のうちは適当にやっても意外とできるものなんだけど、次第にちょっとバランスを崩すのも致命的になってくるんだ。……当然、五段、六段と積み上げることができたら凄いんだよ。それを崩してしまったら、もう一度同じ段数を積み上げるのには苦労するんだ。で、でね？　不思議なことにさ。高く積み上がれば積み上がるほど、それをグシャグシャに崩してしまいたい欲求みたいなものが出てくるんだよ」

「……」

ミカは下を向いてコーヒーをすする。

「二段とか三段のトランプタワーを壊しても別に面白くないんだ。すぐ作れるからだと思う。でもね、十段とかになってくると、もう我慢できない。指でちょっと押してやればトランプタワーはバラバラに崩壊する。タワーの姿を失った無数のカードたちが、木の葉が枯れ落ちるように舞うのが想像できるわけ。するともう、それが見たくて見たくて仕方なくなってしまうんだ。積むのが難しくなればなるほど、崩したくなる欲望との闘いも生まれてくるんだよ。だ、だからね？　僕が言いたいのは――」

「もういいよー。タクヤ君、変な話ばっかり」

「ご、ごめん」

「……別にいいけどさ」

少し調子に乗ってしゃべりすぎてしまったみたいだ。部活の友達に話したときは、「ああ、そういうの分かる分かる！」と盛り上がったのだけれど。ミカにはいまいちピンと来なかったのかもしれない。

プウッと頬を膨らませるミカ。

そんな表情、マンガの女の子しかやらないと思っていた。わざとやってみせているのだろうか。きっとそうに違いない。僕の妹は、怒ってもそんな顔をしたことはない。でも……わざとやっているとしてもその表情は……可愛らしかった。

風船のような頬。だけどミカの頬はあのゴム臭い袋とは違い良い香りがする。

感触だって違う。風船はザラついている。それだけじゃない、指にいやらしくひっついてくることもある。しかしミカの頬はツルツルスベスベとしていて、しっとりと柔らかく……。

「ん？　んふふ。何触ってんの」

「あ。……ごめん、つい」

僕は無意識のうちに、ミカのほっぺを人差し指で触ってしまっていた。美しく磨かれた玉に指先で触れたような、静かな感動があった。


「ねえ見て。卒業旅行特集だって」

旅行代理店の前で立ち止まる僕とミカ。

「素敵ね、海外旅行なんて。しかもけっこう安いよ」

僕はそんなミカを見つめながら、つないだ手の感触を味わっていた。どうして僕の手とこんなにも違うんだろう。僕の手は皮膚が分厚くてゴツゴツしている。そしてじっとりと熱い。ミカの手は白くて華奢《きゃしゃ》で、なめらかだ。そして表面が心地よく冷たく、内側から情熱的な温かさが染み出してくるような感じだ。僕は恋人つなぎをした右手の、指と指がこすれる感触を楽しむ。

「僕たちもどこかに行こうか？」

「そうだねえ。でもそんなにお金かかるところには行けないよね」

「手ごろなのを探そうよ」

僕はパンフレットを手に取る。

「ね！　見て。イタリア七日間の旅だって。素敵」

「そんなの高いでしょ。近場の温泉くらいがいいよ。でも、イタリアかあ。僕イタリアには憧れがあるんだ」

「あ、そうなの？」

「うん。おばあちゃんの家にさ、綺麗なガラス細工があってね。それはそれは美しい、精巧なものなんだよ。クジャクなのかな、羽を広げた鳥みたいな形でね。そのガラス細工が僕は小さい頃から大好きだった。ちょっと時間があるとぼんやり眺めていたよ。イタリアに旅行したときにヴェネツィアで買ってきたんだって。ヴェネツィアという街は凄いなあと思ったよ。一度行ってみたい」

「ヴェネツィアン・グラスって有名だもんね。だけど、そんなに凄いの」

「きっとミカも見たら感動すると思うな。大きさはこれくらいでね。うん、両手で抱えられるくらいだから相当大きいよ。それがおばあちゃんの家の和室にドーンと飾ってあるんだけどね、その存在感たるや圧倒的なんだ」

「へえ。きっと高いんでしょうね」

ミカは僕の話に興味を持ってくれたようだ。僕は張り切って話す。

「高いと思うなあ。値段は聞かなかったけれど、とっても大事にしていたもの。子どもはその部屋に入ることすら許されなかったし、何かの用事でその部屋を使うときはガラス細工を箱にしまってた。おじいちゃんが亡くなってからは、一層念入りだったよ。二人の旅行の思い出なんだろうね。本当に大切に扱ってたよ」

「綺麗なんでしょうね。見てみたいな」

ミカは遠くを見るような目をする。照明がミカの目の中に映り込んで、何とも言えず美しい。

「そりゃあ綺麗だよ。もう、綺麗っていう表現しか浮かんでこない自分が情けないくらいさ。何種類かの色付きガラスが組み合わさっているんだ。光が当たるとキラキラと輝く。プリズムみたいにね。夏の真っ白な光を浴びれば星のようにきらめいて、冬の夕日を浴びれば燃えるようにゆらめくんだよ。もっと言うとね、その影が凄いんだ。光と反対方向にスッと伸びる影。半透明でさ。その色の付いた影を見ているだけでいくらでも時間が潰せた」

「素敵だね」

「うん。……でもね、僕はあのガラス細工を見ると怖くなるんだ」

「そうなの？」

「一つひとつのガラスが薄くて細かくてさ。あまりにも精密で。何て言ったらいいのかな。霜柱ってあるだろ？　あれ、踏み潰してみたくなるじゃないか。こう、シャリシャリと砕いてさ。音も気持ちいいし、感触も何だか面白い。同じ欲望がお腹の中から湧いてきそうになるんだよ」

「私の地元、霜柱できないから分からないな」

「あのガラス細工は、霜柱よりもずっと精巧だ。叩き壊したらどうなるのかって考えてしまうんだ。例えば金槌を持って、ゆっくりと振り下ろすとするだろう。ほとんど抵抗もなく、ガラス細工は先端から砕けていく。金槌はすぐに床に到達する。バラバラになった無数のガラスの破片は、金槌を中心として飛散していく。赤、青、緑、黄……色とりどりの透明なカケラがまるで噴水のように舞い上がり、そして重力に従って落下する。細かな雪のようにサラサラと、鋭利なナイフのようにチクチクと。僕はそのガラスの雨の真ん中にいて、降りしきる破片を見つめるんだ。それは美しくて、幻想的な光景だろう」

「……なんか、またその話……？」

「ああ、それもトランプタワーと同じだな。あのガラス細工は高価で、簡単には手に入らない外国の品で、かけがえのないおばあちゃんの思い出でもある。壊してしまったら取り返しがつかないものだ。あのガラスの中には唯一無二の価値がギュッと濃縮されて詰まっている。だからこそかもしれない。だからこそ、それを砕いたらどうなるかが気になって仕方ないんだ」

「……」

ミカは僕の話を聞いているのかいないのか、またパンフレットを眺め始めた。長いまつげがフルフルと揺れている。

「絶対後悔するのは分かってる。分かりすぎるくらい分かってるんだ。おばあちゃんが凄く悲しい思いをするだろうし、大好きなおばあちゃんが悲しむのは僕も嫌だ。何より、ガラス細工を壊してしまっても得るものは何もない。もう二度と僕はそれを眺めることはできないし、色々な想像をすることもできなくなる。壊さないほうがいいに決まっているんだ。なのに、それが分かっているのに……。壊してしまいたい。二階の窓から外に放り投げてみたい。壁に投げつけたらどうなるだろう。思いっきり放り上げて、床に衝突するのを眺めたら……。そんな想像が止まらなくなることがあるんだ」

「もー」

ミカがまたふくれっ面をする。整った眉毛が八の字を描いている。

「分かるけどさ。そういうの私もあるよ。禁止された遊びほどやっていて面白いんだよね。なんか燃えるのよ。でもね、タクヤ君考えすぎ。そういうのって気にしすぎちゃいけないんだよ。気にしすぎると逆に招いちゃうんだよ」

「招いちゃう？」

「そう。引き寄せちゃう。本当に壊しちゃう、ってこと」

その言葉を聞いて思わずハッと息をのむ。

引き寄せる。……そうか、引き寄せるんだ。確かにそんな気がする。

ガラスの置物を壊したい。壊しちゃいけない。どちらにせよガラスの置物のことで頭がいっぱいになっている。気になっている。二つの選択肢がグルグルと渦を巻き、僕を吸いこんでしまう……。この渦はいつになったら消えるのか？　簡単だ。置物を破壊してしまうまで消えはしない。置物が存在する限り選択肢は残り続けるのだから。渦巻きの中でもがいている僕は、破壊という中心部に向かって少しずつ引き込まれていく。もしくは……。

「本当に壊したくないなら、あんまり気にしないこと！　分かった？」

ミカの言うとおりだ。無関心でいればいい。そうすれば渦は消え、さっぱりとした気持ちになる。

　気にしないようにしよう。

　気にしないように。


「このお店のケーキ、美味しいね」

　ミカはケーキをフォークで小さなかけらに切り取って口に運んでいく。クリームの載ったスポンジ生地が、張りのあるピンク色の唇の隙間に放り込まれて消える。真っ白な歯が一瞬だけ見えた。

　モグモグ。ミカが噛んでいる。顎の動きに合わせて頬が動いている。なんてツヤのある肌なんだろう。そのお餅のようなほっぺた。また、指で押してみたくなる。

　可愛いなあ。

「なあに？」

　ミカが少し顔を赤くして言う。

「え？」

「だって、タクヤ君私のことじっと見てるんだもん」

「あ……ご、ごめん」

「んふふ」

ピンク色のミカの肌。ミカは僕のことを少しうるんだ目で見つめている。水がいっぱいに詰まった透明な球体。雨に濡れた宝石。

その表面にマチ針を――。

「タクヤ君……好きだよ」

「えっ」

なんだよ突然。不意を衝かれて思わず僕はドキドキしてしまう。

「あはは、顔真っ赤だよ」

「ちょっとおい、もう……からかうなよ」

自分の顔を触ってみる。熱くなっているのがよく分かる。汗まで出てきた。

「タクヤ君って可愛いよね。女の子の扱いに慣れてない感じがいいよ」

もう。可愛いと言われても僕が嬉しくないのを知っていて、ミカはそういうことを言う。確かに僕はあまり女の子と話すのには慣れていない。生来恥ずかしがり屋なので、どうしても緊張してしまうのだ。

今だって、目の前にいるミカの胸の谷間が見えそうで、必死で目をそらしている。

「タクヤ君もデザート頼んだら？」

「いや僕はいいよ。さっきのスパゲッティでお腹いっぱいになった」

「ふうん。私もう一個ケーキ食べちゃおうかな。メニュー見せて」

「よく食べるね」

「お菓子は別腹なのー」

ミカは僕が差し出したメニューを少し前かがみになって受け取る。その瞬間、膨らんだ胸が服の隙間からはっきりと覗《のぞ》いた。

一瞬目が釘づけになりとっさに目をつむる。いやらしい男だと思われたくなかった。頭の中でまだ残像がチラついている。

濃い青のブラジャーだった。

真っ白で染み一つない肌とのコントラストがまぶしい。女の子の肌ってどうしてこんなにも綺麗なんだろう。どんな化学繊維もかなわない。生き生きとした色。奥に血液や筋肉、脂肪をはちきれんばかりに封じ込めているその瑞々しい弾力。

触ってみたい。撫《な》でてみたい。

……揉《も》んでみたい。妄想が膨らむ。

あんなに綺麗な肌……もし、鋭利な刃物を押しつけたら。

プツッと静かな感触があって、音もなく玉のような血が盛り上がり白い肌の上に濃厚な血液の赤が……。

「きーめたっと。これにしよ。バナナモンブラン。タクヤ君も半分手伝ってね、いいでしょ?」

「うん。美味しそうだね」

ミカはメニューを一生懸命に見ていたので、僕がいやらしいことを考えていたことには気づいていないようだった。良かった。

「すいません。追加いいですか？」

僕は手を挙げて店員さんを呼ぶ。少々お待ちを、と笑顔が返ってきた。

ああもう。僕は少し自己嫌悪する。

さっきの考えはなんだよ本当に。肌がどうとか、変態の発想じゃないか。男の脳ってのはどうしてこんなふうにできているんだろう。時々我がことながら嫌になる。女の子はどうなんだろう？　男の裸体がふっと見えたときに、ドキドキしたりするものなんだろうか。

もしそうだとしても、女の子のほうが隠すのがうまい。男の感情はバレバレだと思う。ミカを見ていてそう感じる。僕がドキッとするのを理解していて、わざと少し肌が見えるようなポーズをとっているような気がするんだ。

「あー今日は幸せだなあ」

ミカがバナナモンブランを頬張りながら、つぶやくように言った。

「急にどうしたの」

僕は笑う。

「だって。ずっとタクヤ君と一緒だったんだもん。ショッピングもしたし、お茶もしたし、ご飯もした。そしてデザートまで食べてる。幸せだなあって思って」

ニコニコするミカ。子どもっぽい笑顔の中に大人の色気が混じっている。

僕はミカに見とれてしまいそうになり、アイスティーを一口すった。

「ねえ、タクヤ君って一人暮らしだっけ？」

指先をテーブルの上につけて静かに撫でながら、上目づかいでミカが聞く。

「ん？　そうだけど」

「どんなお部屋なの？」

爪がピンク色に塗られていて、ピカピカと光る石が貼り付けられている。とてもお洒落《しゃれ》で可愛い。ネイルアートってやつか。女の子は凄いな。

「普通のしょぼいワンルームだよ。まあロフトがあるから、意外と広く感じるけどね」

「へえ、ロフトってあの天井裏みたいなのでしょ？　いいなあ」

「まあ、間違ってはいないな。けっこう便利だよ。そこに布団敷いてるからベッド要《い》らずだし。荷物とかもしまっておけるから部屋がすっきりする」

ミカが少し首をかしげるようにしながら笑う。

「ねえ、ちょっと見に行ってもいい？」

「え？」

僕の家に来る？

ミカが？

ちょっと戸惑った僕に不満なのか、ミカは困ったような顔をしている。僕の家にミカが来るなんて初めてだ。いや、家に女の子を呼ぶこと自体今までに一度もなかった。

そこにミカが、ミカが来るなんて。

テーブルの上に漠然と投げ出した僕の手をミカが触る。指先で僕の手の骨格をなぞっていく。ゾワゾワと背中の毛が逆立つような気がする。

「……ダメ？」

「い、いや、別にいいけど」

すっかり僕は硬直してしまう。これはつまり、誘惑しているってことか？　自分から部屋に来たいだなんて、それも一人暮らしの男の部屋に。二人っきりじゃないか。

いや、それは考えすぎだろうか。雑誌で「男は勘違いしやすい」という記事を読んだ。単純にミカはロフトのある部屋に興味を持っただけで、それ以上の意図はないのかもしれない。僕は変に深読みしすぎか。

「何で、微妙に嫌そうなのよ。見られちゃ嫌なものでもあるわけ？」

「いや、ないよ。別にないよ。うん。ちょっとびっくりしただけ」

ミカがニヤニヤ笑っている。光を浴びて輝く唇が色っぽい。ふっくらとしていて、縦に繊維が走っていて。ああ、あの繊維に逆らって横に切り裂イタラ……。

「いいよ、来なよ。ただ、もうこんな時間だろ。終電なくなっても知らないよ」

「えへへ。平気だもん。じゃ、行っちゃおうっと」

僕がちょっと強がって言った言葉に動じもせず、ミカは手を上げて喜んだ。

ミカはきっと男の家に泊まったことくらいあるのだろう。前の彼氏とは三年付き合ったと言っていた。セ……肉体関係も経験済みなんだろうな、きっと。

それに比べて僕はミカが初めての彼女だ。何もかも相手のほうが経験が上。僕がこういったことが初めてで緊張していると、知られたくない！

……でも、ミカからすれば全部お見通しなのかもしれないな。

なんだか悔しい。

「しょうがないなあ。まあ、ちょっと散らかってるかもしれないけど、我慢してね」

「うふふ。はーい」

伝票を持ち、立ち上がってレジへと向かう。ミカはさりげなく僕の腕に手を回してきた。温かい体温が伝わってくる。

とうとう僕にも、こんな日が来たのか。

初めてだけどうまくできるだろうか？　嫌われないだろうか。

駅から自分の家に向かう道で、僕は不安になっていた。白く光る街灯を一つ通り過ぎるたびに、家が近づいてくる。横ではミカが僕の腕に体をぴったり密着させてニコニコしている。自分は余裕があるからって、その笑顔かよ。

僕は女の子の裸を目の前で見たことも、女の子の前で裸になったこともない。どちらかと言えば自分の裸を見られることのほうが不安だ。女の子の裸はその気になれば本やインターネットで見ることができる。一応妹の裸くらいなら目撃したこともある。小さい頃だったから、よく覚えていないけれど。いや、それは〝女の子の裸を見た〟うちには入らないか。ともかく自分の裸を見られるなんて緊張する。そんなの恥ずかしすぎるだろ。頭がゆだってしまいそうだ。

……いや、何もそういうことをすると決まったわけじゃない。期待しすぎちゃダメだ。がっついてる奴みたいに思われるぞ。

だけど、実際のところどういう流れで……そういうことになるんだろう？　最初は二人で部屋で雑談をしたりテレビを見たりしているとするだろ。何となく雰囲気が良くなってきたところで、おもむろにお互い脱ぎ始めるわけか？　全然イメージが湧かない。二人でテレビを見ているシーンと、裸の二人が獣のように抱き合っているシーンがあまりにもかけ離れすぎていて、ちっとも結びつかない。

それとも何かサインのようなものがあって、自然な流れでそうなるんだろうか。僕は初めてだから何も分からないぞ。ミカがサインを出したときにちゃんと反応できるだろうか？　僕にはＡＶの知識しかない。ＡＶでは予定調和的にやり始めるから、ちっとも参考になりゃしない。

空気が読めず、ミカに嫌われてしまったらどうしよう……。

「ねータクヤ君、さっきから何考えてるの？」

「え？　い、いや。別に！」

ミカが横から、僕を見上げている。

「何かエッチなこと期待してた？」

イタズラっぽく笑うミカ。白く綺麗に並んだ歯が僕の視界に飛び込んでくる。

「そんなわけないだろ」

僕は少し下を向き、ミカと目を合わせずにそう言うのが精一杯だった。ミカの首すじが見える。白くて細い首だ。筋肉のすじが通っているのがよく分かる。綺麗だ。思わず握りしめたくなってしまうような筋肉。そしてその手触りを確認したくなる。筋肉は繊維だ。繊維が同じ方向に何本も走っている。裂けるチーズのようなものじゃないかな。あの感触。一本ずつ、裂いて……裂いて……バラして……。

錯覚だろうか。その首が僕に向かってゆっくり近づいてきた。

「……」

「えへへ」

え。今のは……。

「キス、私たち初めてだね」

顔を赤くしたミカが目の前にいる。身長の差の分、背伸びをしている。僕は一瞬遅れて自分の唇に残ったミカの唇の感触を思い出す。

キスしたんだ。

今のが女の子とのキス。凄く柔らかくて、温かくて……。

「タクヤ君、好きだよ」

「うん……」

「ちょっと。もう少し何か気の利《き》いたこと、言えないの？」

吹き出すミカ。

「ご、ごめん」

「相変わらずなんだから、タクヤ君は。まあいいや。さ、行こうよ」

信じられないくらい素敵な触り心地だった。僕は心の中でもう一度その瞬間を思い出す。しっとりしていた。僕の口に優しく吸いつき、不快でない程度になめ回し、花のような香りを残して離れていった。

僕は頭の中がグラグラしてくるのを感じた。

理性なんか、どこかに飛んでいってしまいそうだ。

僕はミカに引っ張られるようにして、夜道を進んだ。


流れなんかなかった。雰囲気も何もなかった。

僕の部屋について荷物を置くなり、ミカは僕に抱きついてきた。まだ部屋の電気も点《つ》けていない。闇の中僕は必死に目をこらす。ロフトが見たかったんじゃなかったのか。どうしたらいいのか分からずミカの背中に手を回して同じように抱きしめる僕。ミカの手が僕の背中を何やらまさぐっている。あっと思う間もなく、Ｔシャツと肌の間にミカの手が入ってきた。

触られている。ミカの手は冷たくてスベスベで、ただ撫でられているだけなのに気持ちが良かった。ミカは僕の背中の筋肉に沿って指を動かしている。とにかく真似をしてみよう。僕は恐る恐るミカの背中に伸ばした手を下に持っていき、ミカのブラウスの内側に手を滑り込ませた。

柔らかい。温かい。

餅《もち》肌という言葉がよく理解できた。いや、餅なんかよりずっと好ましい手触りだ。

明るいところでミカの肌を見ては、その弾力や手触りを想像していた。それを上回っている。無我夢中でまさぐっていると、ブラジャーの紐《ひも》に指先が辿り着く。

「外していいよ」

すぐ耳元でミカの声がした。湿った吐息が顔の側面を撫でていく。

外すって。どうやって。僕は紐にそって手を滑らせる。小さな金具のようなものがあった。これがブラジャーのホックか。これが引っかかっているから、少し紐を緩ませて角度をつけてやれば。

僕がその金具に苦戦している間、ミカの手は僕の腰に伸びていた。何かカチャカチャという音が聞こえる。すっとミカが手を引くと、急にズボンが緩んで滑り落ちた。ベルトを外したんだ。ミカの手は僕の下半身に伸びてくる。太ももの外側から内側へ、優しく近づいてくる。

もう何が何だか分からない。ミカが僕をリードしてくれている。僕は少し強く手に力をこめてブラジャーのホックを外すと、今度はブラウスを引っ張り上げた。やや強引だったかもしれないが、ミカは両手を上げてブラウスが体から抜けやすいようにしてくれた。薄くてフワフワしたブラウスがすっぽりと外れる。

僕の前に上半身裸のミカがいた。

優しく微笑んでいる。

そのおでこ。頬。唇。首筋。切ないような角度の鎖骨、なめらかに流れる肩から腕のライン。形の良い胸。柔らかそうなおなか。アクセントのおへそ。暗闇でもはっきり分かる曲線のコントラストと、白く抜けるような色。

ミカが欲しい。

こんなに綺麗なミカを仮に失うようなことがあったら、僕はどれだけショックを受けるだろう。絶対に失いたくはない。あのおばあちゃんのガラスの置物の比じゃない。

僕はミカの肩を掴んで抱きしめようとした。少し勢いが強くて、ミカを押し倒してしまった。そこにはソファがある。ソファに柔らかく受け止められたミカの上に、僕も倒れ込む。

ミカの顔の横に手をつき、数十センチの距離を維持して僕とミカは見つめ合う。

「……いいよ」

ミカは自分の手をスカートへと持っていき、ゆっくりと取り除いていった。ブラジャーと同じ青の下着が見え、さらにその下着もミカの手によって取り払われていく。

僕は固まってしまった。見とれてしまったというのが正しい。

この世にこんなにも美しいものがあったなんて。

世界で一番綺麗なんじゃないか。そして、それは僕にとって一番大切なものでもある。彼女を超える女性なんて見つかるとは思えない。正真正銘、唯一無二の人だ。傷一つついていない。傷一つつけたくない。絶対に傷なんかつけたくない、だからこそ……。

狭い室内がミカを中心に渦を巻いている気がした。

僕の頭の中から思考というものが消え去っていき、本能と欲望で埋め尽くされていく。それはまるで脳内が真っ赤に染まっていくような気分だった。

凄まじい勢いでグルグルと回る渦。巻き込まれ、僕は奈落の底に落ちていく。

可愛い。綺麗だ。抱きたい。ギュッと抱きしめて、色々なところを触って、キスをしたい。

ダメだもう。ミカのことが好きすぎる。

世界で一番好きだ。大好きだ。愛しい。

あああああああ。

体の中、足の先から不思議な感情が立ち上って頭から抜けていく。僕はミカが大好きなんだ。かけがえのない存在なんだ。何ものにも代えがたい、この世にたった一つの……。

このキメ細かい肌、一カ所でも傷をつけてしまったら台無しだ、全体が均整を保って張りのある体を作り上げている、少し切ったら、プツンという感触がして、僕は何もかもを失うだろう、世界で一番大切なものをだ。

ミカは僕のことを愛してくれている。その愛も、ミカの体も、失ってしまう。だから絶対にやってはいけないことというものがある。分かってる。大丈夫だ。大丈夫。

気にしてはいけない。気にするから、その事実を招き寄せてしまう。

だから気にしなければいいんだよ。

気にしなければ……。

気にしない……。

……そうだ。

僕は、ソファの横の引き出しにナイフがしまってあることを思い出した。


朝が来た。

僕がミカのことを一晩中愛し尽くしているうちに、いつの間にか朝が来た。

初体験を終えた日の朝は、凄く爽やかな気持ちだと友達が言っていた。今ならそれが何となく分かる気がする。

子どもから大人へ。初体験をして、世界が変わる。

それによってものの見方が変わってしまうこともある。だからひょっとしたら、初体験を終えた人の中には後悔するケースもあるんじゃないだろうか。僕は？

僕は複雑な気持ちだった。

多少の後悔もある。「やってしまったな」というような諦め半分の気持ちだ。興奮が冷めて、少し落ちついたからかもしれない。

ふう。僕は息を吐く。

それでも素晴らしい爽快感だ。あらゆる葛藤が振り払われた快感。そして取り返しのつかないことをしてしまった、後悔と反省の入り混じった不思議な達成感。あのガラスの置物も、こんなことなら壊してみても良かったかもしれない。

窓の外で小鳥が鳴く声が聞こえてくる。朝日がとても清々しい。


小学校の頃、開けちゃいけないドアがあった。校長室の横。生徒は触れることも許されなかった。開けたらこっぴどく怒られることは分かりきっていた。でも僕は開けてしまったんだ。あんまり気になってね。中は本当に、くだらないものだった。掃除用具や工具のたぐいがぎっしりとしまってあるだけの埃《ほこり》っぽい部屋だった。業務用のホッチキスだとか、使い方によっては危ない器具もあったから生徒は出入り禁止にされていただけなんだろう。僕は先生に凄く怒られた。さらに家庭訪問のとき両親にもばらされて、さらに怒られた。

開けなければよかったんだ。開けて僕が得たものと言えば、先生と両親にこっぴどく怒られたことと、掃除用具や工具が並んでいるつまらない光景だけ。たったのそれだけ。たったのそれだけ……。

だけど、開けないでモヤモヤしているのと、どっちがいいかって言ったら……。

その先は、自分で決めることだと思う。

とても良い天気だ。今日は大学に行く気もしない。僕は口笛を吹きながら、バスルームに入った。体をよく洗ったら、昨日の続きをしよう。

僕も
大切な
ひとを
殺したら
すっきり
する
だろうか

FILE.2

「コーヒーと紅茶、どっちがいい？」

僕を夢の国から引き戻す声。

「んー」

「んーじゃ、どっちか分からないでしょ、もう」

「紅茶……」

「あら、私もちょうど紅茶が良かったの。うふふ、相性ばっちりね。さあ起きて、起きて」

ブラウスの上にエプロンをつけて、キッチンを行ったり来たりしているサナエの姿が見える。髪をまとめていて可愛らしい。僕はノソノソと布団から起き上がり、朝食の支度をしているサナエのそばに歩み寄る。僕に気がついてサナエが振り返った。そのピンク色の口に僕は唇を重ねる。おはようのキスだ。

柔らかな感触が心地よい。

「もう。早く顔洗ってきなさいよ」

サナエは照れくさそうに笑って言う。

同棲生活を始めて、どれくらいになるだろう。最初のうちこそ緊張したけれど、慣れてみればとても楽しい。朝起きればサナエがいる。夜待っているとサナエが帰ってくる。誰かがそばにいるというのはいいものだ。ご飯のとき、朝起きたとき、夜眠るとき……ちょっと会話ができるだけでとても幸せな気持ちになれる。

「今日ユウ君は授業あるの？」

サナエが湯気の立っている紅茶のカップを僕に差し出す。

「ううん。でも午後から研究室には行くつもり」

「それがいいわよ。家にいてもどうせゲームしてるだけだもんね、君は。ええと、砂糖は一個、ミルクはなし。そうだったわよね？」

「うん。ありがとう。覚えてくれたんだ」

サナエが角砂糖を一つ、ポンと僕のカップに入れてくれる。

「うふふ。じゃあ私は？」

「砂糖なし、ミルクたっぷり」

「当たりー。さすがね」

「君のことなら何でも知っていたいもの」

僕は牛乳の瓶を傾けてサナエのカップに注ぐ。紅茶の色が薄くなり、白く白く濁っていく。その様を見てサナエが幸せそうに笑っている。

どうしようもないくらいにラブラブな僕たち。こんな会話、外でやっていたら顰《ひん》蹙《しゅく》ものだ。何より自分自身でも恥ずかしい。それでも二人っきりの部屋なら大丈夫。人目を気にせず二人だけの世界に入っていられる。くだらないような気もするけれど、楽しいからこれでいいんだ。

僕はサナエの作ってくれたクロックムッシュをかじる。チーズとハムのハーモニーが胃を目覚めさせていく。薄く塗られたバターが嬉しい。

「私、今日は朝から会議なのよね。まだ時間あるけど、遅れたらまずいからそろそろ行くわ」

「あ、そうなんだ」

「うん。先月のデータの報告もしなくちゃならないの。売上が下がってるから、その分析」

サナエは立ち上がると、全身鏡の前に行ってブラウスのボタンをとめる。スラッと伸びた足をくねらせながら食べこぼしがないか確認し、上着をはおった。普段は大人しい女の子だけれど、きちんとスーツを着た姿は凛々《りり》しく美しい。

僕は身だしなみをチェックしているサナエを後ろから、ギュッと抱きしめる。温かな感触と、上品な香り。

「ちょっと、こら。皺《しわ》になっちゃうでしょ」

　言いながらもサナエはにっこり笑ってくれる。

「気をつけて行ってきてね。傘持っていったら？　今日、雨降るかもよ」

「そうねえ。荷物多くなっちゃうの嫌なんだ。今日は私降らないほうにかけてみるわ」

「じゃあ降ったらメールして。僕迎えに行くから」

「ありがと。そしたら帰りは外で食べてもいいわね」

　サナエがゆっくり後ろを向く。僕たちはもう一度キスをした。鏡に僕たちの姿が映っている。典型的バカップルの図。

「……ハムの味がする」

　サナエが笑う。

「じゃ私、行くわ。ご飯ちゃんと食べてね。ホウレン草残しちゃダメだよ」

「うん。ありがとう」

　僕はサナエの鞄《かばん》を持ってついていく。お見送りだ。

「ここでいいわ。行ってきます。今日も早く帰れるように頑張るね」

　玄関でダメ押しのキス。爽やかにその儀式をすませると、サナエは背筋を伸ばして外に出ていった。

「行ってらっしゃい、気をつけて」

僕は手を振って見送る。外に出てサナエがバスに乗るまで手を振り続けることもあるのだが、今日はまだパジャマ姿なのでやめておいた。

パタンとドアが閉まり、部屋が暗くなる。サナエ、行っちゃったな。サナエのいないこの部屋は少し寂しい。何だかもう、サナエに会いたくなってきてしまったぞ。さっき出かけたばかりなのに。

こんなんじゃダメだ。

僕は自分の頬を叩いて気合いを入れ直す。サナエは仕事に出かけたんだ。僕もしっかり勉強をしなければ。午後から大学院に行くつもりだったけど、やっぱりお昼前から行くことにしよう。課題も残っていたから、片付けてしまおう。

よし。

僕は閉じたドアのつまみを回して鍵をかける。シャワーでも浴びてから出かける準備をしようかな。

そのとき郵便受けに何か入っているのが見えた。何だろう。またピザ屋のチラシか、モデルルームのお誘いか。手に取って見る。鮮やかな色に塗られたダイレクトメールだ。化粧品か何かのものらしい。

「須藤詩織　様」

すどうしおり……。知らない名前だ。このアパートの前の住人だろうか？

僕もサナエもダイレクトメールは見ず、すぐに捨てることにしている。僕はいつものとおり封筒をゴミ箱に投げ込んだ。


研究室でノートに目を通していると、タクマが話しかけてきた。

「おはようございますー、藤井先輩。今日は早いですね」

「そうかな。というか、お前に言われたくないぞ」

後輩の鈴木タクマは研究室の中でも遊び好きなほうで、授業がない日はまず大学院には来ない。ひどいときには授業をさぼって海に行ってしまったりする。

「そうですかね。ま、オレもたまには真面目に研究しよっかなと思って。こないだちょっとヒントが見えたんですよ。だから今やる気湧いてるんです。これでもけっこうプログラムいじるの好きなんですよ。女の子と遊ぶ次に」

タクマは僕の隣に座ると、自分のパソコンを開いて慣れた手つきでロックを解除する。

「何だかんだ言っても女の子と遊ぶのが一番好きなんじゃないか」

「そりゃそうですよ。オレ、お年頃の男の子なんですから。自分の気持ちに嘘はつけません」

横でパッと開いたタクマのデスクトップが、水着をつけてポーズをとる女性だったのを見て僕はため息をつく。

「そんなに女の子のことばっかり考えてると、後で論文苦労するぞ」

「大丈夫ですよ。それに藤井先輩こそ彼女とラブラブじゃないですか。聞きましたよ、同棲中だって。羨ましいなあ。今日の朝メシはどっちが作ったんですか？」

「ん？　彼女だけど。朝は彼女、夜は僕が当番」

っはあああああああ。

わざとらしくため息をつくタクマ。

「いいなあ。本当にいいなあ。心から羨ましいです。彼女の手作り朝メシなんてもう、こんな幸せないですよ。もう、オレも朝、裸エプロンしてくれるような彼女と同棲したいですよ」

「裸エプロンって、お前……」

パソコンでテキストエディタを開きつつ、自分の髪型を手直しするタクマ。金髪のソフトモヒカンは、いつでもナンパに繰り出せるようにきっちり手入れされている。

「え？　やってないんですか？　裸エプロン。やらないわけないでしょ、男の夢ですもんね。先輩、正直に言ってくださいよ。一回くらいやったことあるでしょ。それともお願いしたら断られた系ですか？」

「……頼んだことないや。今度頼んでみるわ」

爆笑するタクマ。

「いやー、それでこそ先輩ですよ。でもいいですね、そういうことも言い合える彼女さんって。本当に羨ましいです。あー……オレも彼女欲しいなあ……」

「お前ナンパしまくってんなら、彼女くらいすぐできるんじゃないの？」

タクマは頬杖をついて、ため息をつく。

「ナンパと彼女は違うんですよ。そりゃ、遊んでくれる子はいますけどね。オレやっぱり軽い男って見られちゃうのかなあ。そのせいか付き合っても全然長続きしないんです。それに、なんかオレと付き合ってくれる子って全く家庭的じゃないんですよ。メシはコンビニおにぎりでいいって感じだし、掃除や洗濯する暇があればテレビ見てたりするし」

「そうなんだ」

確かにタクマはどこからどう見ても遊び人という風貌だ。類は友を呼ぶということだな。

「いいなあ。家庭的な彼女、いいなあ」

「いつまでもそんなこと言ってないで、やることやれよ」

　タクマが話に夢中になりすぎて、せっかく開いたパソコンはスリープモードに入ろうとしている。

「分かってますよ……しかし先輩の彼女、本当いいですよね。何だっけ、バーか何かで働いてるんでしたっけ。あんなにエロい雰囲気でお洒落なのに、家では家庭的なんて。理想の女性ですよね。そんな彼女を惚れさせてしまう、先輩を尊敬します、マジで……」

　あれ。こいつサナエに会ったことあるっけ。

「変なところで尊敬するなよ。それに僕の彼女は会社員だって」

「あれ？　そうでしたっけ」

「そうそう。バーってそれ、どこ情報だよ。広告代理店勤務だから」

「こうこくだいりてん……そうでしたか。すみません、誰かと勘違いしたかもしれません。でもなあ、あのちょっと派手な雰囲気でＯＬっていうのもいいなあ……」

　何か変だな。

　サナエはそんなに派手なタイプじゃない。むしろ地味で、物静かな感じだ。私服もほとんどが露出の少ない落ちついた色のもの。タクマは誰か別の人と勘違いしているのではないか。

「おーおはよう。二人がこの時間に揃うなんて珍しいな」

教授が研究室に入ってきた。いつもどおりたっぷり生やした髭《ひげ》をいじりながら、ニコニコと笑っている。

「おはようございまーす。そうだせんせー、ちょっと相談があるんですけど」

「ん？　何？」

「あの、こないだの……」

タクマはノートパソコンを掴み、慌ただしく教授のもとに行ってしまった。

あいつと話していると女の話しか出てこないけれど、意外とまじめに研究しているんだよな。僕は少しおかしくなって、笑ってしまった。


僕とサナエとの中では、家事は当番制となっている。基本的に平日の夕飯は僕の担当だ。買い物をする主婦の間にまじりながら、僕は本日の献立を考える。

しょうが焼き用の豚肉が割引になっている。よし、今日は豚肉のピカタにしよう。卵はあと四個あったはずだから十分足りるな。パセリが必要だ。それから付け合わせにジャガイモなんかどうだろう。サナエはジャガイモを軽くゆでたのが好きだったから、喜ぶぞ。一緒にニンジンもと思ったが、やめる。ニンジンは確かサナエが苦手だった。

誰かがご飯を食べてくれると思うだけで買い物も楽しくなる。そうだ、デザートにプリンも買ってしまおう。僕は必要な品を籠に詰めて、レジへと向かった。

材料を揃えて家路につく。家に帰ったらまず洗濯物を取り込んで、風呂を洗う。そしてお湯を沸かしながらお米を研いで炊飯器にセット。豚肉は下ごしらえだけしておいて、サナエが帰ってくる寸前に焼き始めよう。できたてを食べてもらいたい。

手慣れた主婦のように頭の中で家事の進め方をシミュレートしていて、はたと気がついた。

しまった。

研究室にUSBメモリを忘れてきてしまった。

共用パソコンに差しっぱなしだ。あの中にはメモや重要なデータが入っている。今日は夕食の後で研究の進め方について考えるつもりだったのに、あのUSBメモリがないと何もできないぞ。夜になってからもう一度研究室に行くか。それでもいいけど、ちょっと面倒だな……。

タクマのことが頭に浮かんだ。

そういえば、あいつ今日はがっつり研究していくと言っていた。あいつの言う「がっつり」とは、最低でも終電。下手したら翌日の朝までだ。タクマが研究室にいるなら、USBメモリの中のデータを僕のパソコンにメールで送ってもらうことができる。そんなに手間でもないだろうし、ちょっとタクマにお願いしてみるか。

僕は携帯電話を取り出して、アドレス帳をたどっていく。

えーと。

鈴木タクマ、鈴木タクマ……。

あれ。

携帯電話のアドレス帳に、知らない名前が登録されていた。


『須藤詩織』


「鈴木タクマ」の横に「須藤詩織」という名前がある。その名前には見覚えがあった。今朝のダイレクトメールの宛先だ。眉間に皺が寄っていくのが分かる。

誰だ？　これ。

まったく知らない名前だ。しかしアドレス帳に登録されているということは、どこかで知り合ってアドレスを交換したのかもしれない。どこで？　思い出せない。僕は合同コンパで一度だけ同席した人のアドレスもとりあえず登録していたりするから、すぐに思い出せない人物の名前が入っていること自体は珍しくない。しかし、この名前を宛先としたダイレクトメールが家に来ているのが気にかかる。

何だか変だな。

須藤詩織。誰だっけ……。

僕は数秒ほど考え込んだが、ちっとも思い出せなかった。

まあいいや。

とりあえずこの件は後回しにしよう。僕は「鈴木タクマ」の名前を選択して電話をかける。

タクマはデータを送ることを快く了承してくれた。


「ただいま。雨に降られなくて良かったわ」

サナエが帰ってきた。家が急に明るくなったような気がする。僕は嬉しい気持ちを抑えつつエプロンを巻いたまま玄関に向かい、おかえりのキスをする。

「お疲れさーん。ご飯にする？　お風呂にする？　それともあ・た・し？」

「うーん……正直全部欲しいから迷うところだけど、とりあえずご飯で。おなか空いちゃった」

苦笑しながらサナエが答えてくれる。相も変わらず僕たちはバカップルだ。

「はいはい了解。今日はピカタですよい」

「あら、凄い。良い匂いねえ」

「でしょ。サナエの好きなジャガイモもあるよ」

「わあ嬉しい」

僕は何枚か焼いたピカタのうち、自分でもよくできたと思えるものをサナエのお皿に載せる。美味しいところを食べてもらいたい。好きな人に喜んでもらうのが、何より幸せなのだ。綺麗に盛り付け、食卓に並べていく。

「ユウ君ってほんと料理上手だよね。私ちょっと嫉妬しちゃう」

「いいから。さあ早く着替えておいでよ。お肉が冷めちゃうよ」

ご飯とおみそ汁もちょうどできたてのところだ。予定どおり家事が進むと達成感がある。

「あら、付け合わせにジャガイモなのね。面白い。でもちょっと色が寂しいから、ニンジンがあっても良かったかもね」

「あれ？　ニンジン、平気だったたっけ」

「ニンジン大好きよー」

隣の部屋で着替えながらサナエが答える。そうだったか。何だ。なら、買えばよかった。

「お待たせ」

部屋着に着替えてサナエが戻ってくる。黒いパーカーに、ジャージのようなパンツ。そのフワフワとした生地が僕は好きで、顔を押しつけて甘えてしまう。

「何してんのっ」

恥ずかしがるサナエ。さっきまでのスーツ姿とのギャップが可愛らしい。

「そうそう、サナエ。ちょっと聞きたいことがあるんだけど」

「ん？　何？」

「須藤詩織って人知ってる？」

サナエはポカンと口を開く。

「……誰それ？　聞いたことないわ。ユウ君のお友達？」

やっぱり知らないか。

「かもしれないんだけど……僕も思い出せない人なんだ。でも、郵便受けに須藤詩織宛のダイレクトメールが来ててね。ちょっと変だと思ったから聞いてみた」

「うーん……知らないわ。須藤っていう名字の知り合いもいないと思う。ダイレクトメールでしょ？　何かの間違いなんじゃない。けっこうそういう間違いってあるわよ。うちの会社でもね、こないだ小林と小宮と小平を全部取り違えて暑中見舞い送っちゃったなんてことあったから」

「そうかもね。間違いか」

「うん。もしくは、ユウ君が寝ぼけてただけとか」

「そんな。そこまで寝ぼけないだろ普通」

「君なら分かんないわよ。時々信じられないくらい変な寝ぼけ方してるもん。ま、どちらにせよ気にすることないわ。さ、ご飯食べましょ」

サナエは笑いながら、髪をゴムで束ねて椅子に座る。机には僕が腕によりをかけて作ったご飯が盛大に並んでいる。

「そうだね。食べよう」

僕も食卓について、サナエと一緒に手を合わせて「いただきます」をした。

この二〇二号室は二階だけれど、外で鳴く虫の音は良く聞こえる。

深夜。

僕は一人パソコンに向かいながら、タクマが送ってくれたデータとにらめっこをしていた。

いくつかの実験データを組み合わせて論旨を考え、新しい実験の方向性を考えなくてはいけないのだが、どうにも頭が働かない。研究というものは、うまく行くときは凄く気持ちよく進むのだが、行き詰まってしまうと苦しいものだ。

暗い部屋の中、物音は虫の声とサナエの寝息だけ。

少し休憩しよう。

僕はサナエを起こさないように足音に気を遣いながら台所に行って、水を一杯汲んで飲んだ。ふうと一息。

この角度からはサナエの寝顔が見える。ぐっすりと熟睡しているようだ。家ではあまり愚痴らないけれど仕事はかなり忙しいらしい。自分の彼女ながら、尊敬する。寝顔を写真に撮ってやろうかと思ったけれど、やめた。

そうだ。

昼間はあまり深く考えなかったけれど、須藤詩織のアドレス帳をもう一度見てみよう。何か思い出せるかもしれない。

僕は携帯を操作して須藤詩織の項目を表示する。

名前は須藤詩織。電話番号とメールアドレスが入っている。

『誕生日、二月十日。みずがめ座。血液型O型』

メモが入力されている。

『メモ①、靴のサイズ、24』

靴のサイズ？

『メモ②、蝶の形をしたアクセサリーを集めている』

こんなメモ入れた覚えないぞ。

着信時表示画像。蝶のイヤリングらしい画像が登録されている。わざわざこいつから着信したときに表示する画像まで登録しているってのはどういうことだろう。そんなに僕と仲良しだったのか？　でも、そんな関係だったなら忘れるわけがない。赤外線でアドレス帳を交換すると、画像も一緒に登録されることがある。この子の場合もそれなのかもしれない。

過去のメールのやり取りとか、残っていないだろうか。

僕はメールボックスを「須藤詩織」の名前で検索にかけてみる。一件も出てこないだろうと思っていたのだが、意外にも何件か保護されているメールが見つかった。

差出人：須藤詩織
件名：Re：
本文：ありがとぅ☆　まぢでユー君大好きぃ。ぁいしてるよ、ほんと。仕事終わったら二人でラブラブにゃんにゃんしよーね！　じゃあまたねぃ^^

差出人：須藤詩織
件名：今日さぁ
本文：元カレに会ってぶぅぶぅ言われたの。最悪！　今あんたなんかよりずーーーーっと素敵なおとこのコと一緒なんだって言ってやったょ♪　詩織はユー君に会えてすっっっごく幸せだよ^^　これからもよろしくねぇどういうことだこれ。

内容が普通じゃない。まるで恋人同士だ。ユー君って言ってるし、僕のことで間違いない。しかも、このメールは保護されていた。サナエとのメールでも、『好き』とか『愛してる』とか書いてあるメールは嬉しいから保護する癖がある。だからこういうメールを僕が保護すること自体は分からなくはない。

でも須藤詩織って誰だ。

スドウシオリ。すどうしおり。

ダメだ……全然心当たりがない。

何だか怖くなってきた。

サナエも知らないと言っていた。僕もまったく心当たりがない。なのにどうしてこんなメールのやり取りがあるんだ。受信した日付を見る限り、そんなに前のことじゃない。三、四カ月前のメールだぞ。忘れるなんてあり得ない。

誰かが僕の携帯を勝手にいじったのか？　それとも僕が寝ぼけてメールしたとでもいうのか？

この子に連絡を取ってみるべきだろうか。

電話を発信しようとするが、怖くてできない。須藤詩織という名前が何とも不気味なものに思えてきた。何なんだよこいつ、本当に。

わけが分からない。

僕は携帯の電源を切ってソファに放り投げると、すぐに電気を消して布団の中にもぐり込んだ。横でサナエの寝息がする。サナエの温もりが感じられる。少し安心して僕は目を閉じた。とにかく眠ってしまおう。眠ってしまうのが一番だと思った。

起きるとすでにサナエの姿はなかった。

時計を見ると十一時。完全に寝坊だ。

すでにかなり高いところまで上っている太陽が、僕の体を照らし出す。なんともいえない罪悪感。僕はノソノソと起き出して机の上の置手紙を見た。

ユウ君

お疲れさま。昨日は遅くまで勉強してたみたいだね。凄く疲れて眠りこんでいるように見えたから、起こさないでおきます。研究のことはよく分からないけど、うまくいくといいね。ファイト！　冷蔵庫にチャーハン入れてあるから、チンして食べてね。じゃ、行ってきます。今日はちょっと遅くなるかも。

サナエ

もう出かけてしまったのか。

冷蔵庫の中を見るとラップがかけられたチャーハンがあった。横にレタスとトマトのサラダも置かれている。サナエは優しいなあ。申し訳ない気持ちで僕はお皿を取り出して電子レンジに向かう。

おっと。そばの写真立てを倒しそうになってしまった。こんなもの置かれていたっけ。危ない危ない。レンジでチャーハンを温めながら、僕は鞄にノート類を詰める。

サナエが作ってくれたチャーハンはとても美味しかった。

それに比べて僕ときたら。結局昨日は遅くまで起きていた割に、全然研究は進んでいない。ただ悩んでいたのと、「須藤詩織」にびびっていただけ。こんなことじゃ働いてくれているサナエに申し訳ないな。

急いで準備をして、研究室に行かなきゃ。

僕は昨日のまま、ソファの上に置かれている携帯電話を手に取る。とりあえず「須藤詩織」について知人に聞いてみようかな。何か手掛かりがあるかも。ひょっとしたら、タクマあたりが普通に知ってる可能性も高い。オレがナンパして先輩に紹介した女の子ですよー、とか言ってくれるかもしれない。

そうだよ。別に怖がるほどのことじゃない。ただ忘れてしまっただけ。ちょっときっかけさえあればすぐに思い出せるさ。

僕はお皿を流しに置くと、鞄を背負って外に出た。

「いやー、知らないですねえ。誰なんですかそれ？　先輩の元カノとか？」

研究室でみんなに聞いてみるが、須藤詩織という人間を知っている人はいなかった。

「違うよ。自分の元カノの名前くらい覚えてるって。残念だなあ、タクマなら知ってるかと思ったんだけど」

「オレなら知ってるってどういうことですか」

タクマが笑う。

「オレ、そんなに先輩の私生活のこと調べてませんって。あれですか？　前に彼女さんと一緒にいるところ見つけちゃったの根に持ってるんですか。もー、やだなあ。そんなストーカーみたいなこと、先輩にするわけないじゃないですかー」

ふざけたような口調で茶化すタクマ。相変わらずのお調子者だ。

「前に彼女といるところ見たって、それホント？　全然気がつかなかったよ」

「え？　しらばっくれないでくださいよう。直接挨拶もしたじゃないですか。ほら、渋谷の道玄坂ですよ。オレ友達と飲みだったんですけど、ばったり先輩と彼女さんが腕組んで歩いているのに出会っちゃって」

「挨拶もした？」

「しましたよ。やべっと思いましたけど、ばっちり目が合っちゃいましたもん。シカトのほうが失礼だと思ったんで。彼女さんのことオレに紹介してくれたじゃないですか。先輩もこれから飲みに行くって言ってました」

何だそれ。全然記憶にないぞ。

「それホント？」

「先輩……何で誤魔化すんですか。やっぱりあれですね。あの後ラブホ行ったんでしょ。だって飲みに行くには時間がけっこう遅かったですもん。恥ずかしいのは分かるけど、別に隠さなくてもいいでしょ。いいじゃないですか、あんなエロ可愛い彼女さんと一緒に夜の渋谷なんて、最高ですよ」

「ラ、ラブホ？　ごめん、全く覚えがないんだけど……いつ頃の話だっけそれ」

サナエと一緒に夜の渋谷に行ったことなんてない。一度だけ昼間に買い物には行ったけれど、サナエが人混みが苦手だと言うからそれっきり行かなくなったはずだ。

「あれ？　けっこう前かも……半年前くらいですかね。春だったと思いますよ。オレがこの研究室に入ってすぐです」

「なあ、そのときの僕の彼女ってどんな感じだった？」

僕とタクマの話が面白く思えたのか、何人かの友達が近くに寄ってくる。まずいなあ。あんまり大ごとにしたくないのだけど。

「え？　そうですねえ……あんまりよく覚えていませんけど。とにかくエロい恰好だったんですよ。派手というか。あーもう、語彙《ごい》の少ないオレが憎い。金に近い茶髪でしたね。一瞬キャバクラの子と店外デートしてるのかって思いましたもん。そうしたら彼女だって言うから、もう本当にいいなあって感じでしたね。そうそう、挨拶したときに彼女さんがペコッて頭下げてくれました。そのときに胸の谷間がドーン！　でしたよ。それだけは覚えています」

タクマの記憶力はそんなことにばかり向けられているのか。僕は心底呆れる。でも、貴重な情報だ。そんな服をサナエが着ているわけがない。サナエが髪を染めたこともない。

ということは、これは……もしかしたら「須藤詩織」かもしれない。

「あー、藤井の彼女でしょ？　オレもびっくりした。藤井があんな子と付き合ってるなんて知らなかったもん」

話に入ってきたのは、同期の山下ミツルだ。

「オレも渋谷で見たことあるよ。なんか二人で１０９のあたり歩いてた。確かにエロいよね、それにめっちゃ藤井にスキンシップしてたわ」

「山下先輩も見ましたか。いいですよね、エロ彼女」

エロエロって。タクマはそればかりだ。

「山下、ちょっとそのときのこと詳しく教えてよ。僕どんな感じだった?」

山下は変な顔をして僕を見つめる。

「詳しくも何も、オレあの後直接聞いたじゃん。昨日女と渋谷歩いてただろって。そうしたらお前言ってたぞ、彼女が仕事終わったらだいたい渋谷でデートするんだって。勤務先が渋谷のバーだから、デートも渋谷が一番楽なんだって。はいはいそーですか、って感じでオレは流したけど」

「あ、それだ! 山下先輩からその話聞いてたからオレ言ったんですよ。藤井先輩の彼女、バーかなんかで働いてるって。ほらあ、オレ正しかった」

「あ、うん……なるほど」

僕は曖昧に返事をする。

二人ともこんなに詳しく覚えているのに、僕だけがまったく思い出せない。

「で、何? あの彼女と上手くいかなくなっちゃったってわけ?」

「え、そうなんですか? 先輩、それは気の毒に」

「いや、まあね。そんなところ」

ここであまり詳しく言わないほうがいいような気がしてきた。全部忘れてしまっているなんて言ったら、変人扱いされてしまう。

「まあ、男と女の関係だもんなあ。そういうこともあるよ。元気出せよ、藤井」

ドンと山下が僕の背中を叩く。

「そうですよ。今度飲みにでも行きましょうよ。そうだ。オレ、合コンなら全然セッティングできますから。パーッと遊んで忘れちゃいましょう。ね」

タクマも励ましてくれる。

「うん。ありがとう」

とりあえずそう答えておく。

なんだか背中に冷たい汗が流れてきた。少し気分が悪い。

どうなってるんだ。僕だけがおかしいのか？　僕だけが変なのか？　山下とタクマの言っていることは大体一致している。二人が示し合わせて僕を騙《だま》すとも考えにくい。携帯のメール履歴だってあったんだ。あのメールは、どちらかと言えばギャル風の女の子が書きそうな文章だった。山下たちが言っている女の子のイメージに近い。

だけど僕にはまったく覚えがないんだ。サナエとはいつから付き合っているんだっけ？　かなり時間が経っている気がする。正確な期間が思い出せない。でもサナエは現実だ。確か、友達の友達だったんだよな。何かのときに紹介してもらって、それから付き合ったんだ。サナエと付き合い始めてから浮気なんて一度もしたことがないし、考えたこともない。変だ。変だぞこれ。

こんなことあるのかよ。

僕は、頭がおかしくなったんじゃないだろうか？

「先輩、顔色真っ青ですよ。大丈夫ですか？」

「うん……悪い。ちょっと早退するわ」

「え？」

「ごめん、大丈夫だから。じゃあまた明日な」

僕はそう言うのが精一杯だった。


「おう来たね、まあ入って入って」

僕はフラフラと歩き、室内に入る。何だか足元がぐらついているようで、落ちつかない。金井さんはソファに座るよう促すと、コーヒーを勧めてくれた。

「高校の最後の試合以来だねえ。藤井っちは今大学院生なんだっけ。あれでしょ、情報学部。かっこいいねえ」

「いえいえ。急に押しかけちゃってすみません」

「いいよいいよ。ちょうど今日は暇だったから。それで私に相談って、どうしたの？」

その頼もしい声にホッとする。金井さんは高校の部活で一緒だった先輩だ。医学生で、特に精神科に進みたいと普段から言っていた人だ。言ってみれば精神科医の卵である。本当なら本職の精神科医に相談するのがいいんだろうけど、怖くてそれはちょっとできなかった。

とりあえずこの人なら、僕の不安を取り除いてくれるはず。

僕は「須藤詩織」という謎の人間について、説明した。

金井さんはバカにしたりすることなく、しっかりと聞いてくれた。

「なるほど。それで君にはまったく記憶がないというわけか」

「はい。僕はその、本当に覚えがないんです。でも周りの話を聞いていると、自分がおかしいとしか思えなくて。……僕は病気なんでしょうか」

金井さんはウンウンとうなずきながら答える。無精ひげがフラフラと揺れている。

「解離性健忘《かいりせいけんぼう》かな。選択的健忘ってやつのような気がする」

「はい？　何ですかそれ」

「えっとね、例えばテストがあったとするじゃない。それで良い点を取らないと親にメチャクチャ怒られる。でも、返ってきた答案はひどい出来だった。そんなときに思わずボーッとしてしまうことってない？　嫌なことを忘れてしまいたい、逃げ出してしまいたい。そんな気持ち。それの凄いバージョンって考えてくれれば大体あってる」

「はあ、テストですか……」

「何かトラブルがあったんだよ。何かひどい経験があって、凄く苦しい思いをした。君はそれを忘れてしまいたかったんだ。だから脳がその記憶を『消した』んだよ。そのトラブル……おそらくは『須藤詩織』という人間にまつわるあらゆる情報だけをね。嫌だとか辛いとかそういう感情の波から自分の心を守るための防衛策なのさ。病気と言えば病気なんだけど、実はそんなに珍しい例でもない。例えば飛行機事故に遭った人が、事故の記憶を失くしてしまったりとか。虐待に遭っていた人が、その前後のことをすっぽり忘れてしまったりとか。けっこうあるんだよ。脳はね、自分の心が壊れてしまうほどの苦しみを避けるためなら、記憶を作り変えることができるんだよ」

「そうなんですか……」

金井さんは目を輝かせて語る。

「そうなんだよ。凄いだろ？　記憶ってのはさ、要は自分が今生きていくためにあるものなんだよ。だから記憶があることによって日々の生活に支障をきたすとなれば、そんなものは要らないわけ。たとえその記憶が事実だとしてもね。だから脳は記憶を作り変える。記憶は事実を記録することが重要なんじゃない。今を生きるための役に立つ範囲で、情報を維持しておければそれでいい。逆に言えば記憶イコール事実ではないってことさ。これは人間誰でもそうなの。誰でも自分に都合よく、大なり小なり記憶を作り変えている。ある意味怖いだろう？　自分の記憶は、事実でない可能性が常にあるってことだぜ。でも自分ではそれになかなか気づくことはできないんだ……」

「あの。じゃあ僕は、忘れてしまったことを思い出せないんでしょうか」

「あ、ごめん。そうだよね。それ不安だよね」

金井さんは頭をかく。

「はい。何て言うのか、今幸せだからまあいいっちゃいいんですけど。気になります」

「うーん。難しいところだね」

「そうなんですか？」

「うん。とりあえず、結論から言おうか。記憶を取り戻すことはできる。でもね、取り戻せばいいかっていうとそうとも言えないんだよ。今君は、生活に問題とか起きていないよね。普通に暮らしているじゃない。もし記憶がないせいで仕事や家庭に大きな問題が出るとなれば治療はしたほうがいい。治療法もいくつかある。でもね、問題が起きてないならそのままにするのもありかと思うよ」

「思い出さないままってことですか？」

「そう。なぜって、君は自分で記憶を消したわけだよ。そのときの君には受け止めきれないくらい、辛い辛い出来事があったんだ。それを無理に呼び起こしてしまうと、そのとたん心が耐えきれなくて壊れてしまうかもしれない。少なくとも、何か不幸なことが起きる可能性はある。今が幸せならば、そんなリスクは冒さないほうがいいと思う。過去に執着して人生を台無しにしても仕方ないから」

「そういうものなんですか」

「そういうものなのさ。何でも事実を知ったほうがいいってわけじゃないんだ。今君が『思い出せない』ってことは、脳が『まだ思い出すわけにはいかない』って判断していると考えられる。まだ受け止めきれないんだよ。安心できる環境、リラックスできて幸せな環境に身を置き続けることで心に余裕ができたら、そのときにスッと思い出せるかもしれない。実際この病気の症例でも、きちんと患者を安心させてあげれば、やがて自然と記憶は戻るケースが多いんだ。無理に思い出そうとするとストレスにもなるし、良くない」

「そんなに嫌なことがあったんでしょうか……」

「あったんだよ。あったからそうなってる。失恋なのか何なのか、知らないけどね。とにかく気にしないのが一番いい。今は忘れるべきときなんだから、忘れちゃいな。さーっぱりとね」

さっぱりと。気にしないで。

須藤詩織……。

思い出すなと言われると、逆に気になってしまう。

「分かりました。そうします」

「うんうん。困ったらまた遊びに来てよ。本当に問題があるみたいだったら、ちゃんと医者を紹介するから」

「はい。色々とありがとうございました」

僕は金井さんに頭を下げる。選択的健忘か。何となく分かったから、少し不安はなくなった。それにしても自分がこんなことになるなんてびっくりだ。サナエに言ったらどう思うだろう？

……僕でさえこんなに不安になったのだから、サナエには言わないほうがいいかもしれない。変な心配をかけるのは嫌だ。僕が何も言わず今までどおり過ごしていれば、幸せは変わらず続くのだから。

忘れよう。

気にしないことにしよう。

僕は自分に言い聞かせた。

「ねえ、この写真立て君が買ったの？」

僕は電子レンジの横にあった写真立てを取り、サナエに聞く。

「ん？　どれ？」

サナエは寝転んでおせんべいをかじりながら、テレビを見ている。僕が写真立てを掲げて見せると、サナエは答えた。

「そんなの私買ってないわよ。ユウ君が最初から持ってたやつじゃないの」

「僕、こんなの持ってたかなあ……」

「でもけっこう前からそこに置いてあった気がするわ」

「ホント？　変だな。目に入ってなかったみたいだ」

サナエが笑う。

「あんまり長いこと置いてあるから、すっかり慣れちゃって意識から消えてたんじゃないの。しっかりしてよ。まだボケるには早いわよ」

意識から消えてた……。

その言葉がやけにずっしりと心にのしかかる。

写真立てはとても綺麗なものだった。少しホコリを被っている。長く置かれていた感じだ。ふちには蝶の形をしたガラス細工がはめ込まれている。蝶。まさかとは思うけど。

須藤詩織がここに置いていったものなのだろうか。僕が今までこれに気がつかなかったのは、意識から消していたというか……視界に入っていても、脳が見ないフリをしていたのかもしれない。

嫌だな。何だかだんだん自分が信じられなくなる。

須藤詩織のことは気にしないようにと金井さんに言われているのに、どうしても気になってしまう。

須藤詩織は僕の家に普通に出入りしているような子だったのだろうか。それともこれはプレゼントで貰ったんだろうか。プレゼントで貰ったとしても、それなりに高価な品のように思える。須藤詩織。須藤詩織……。

「ねえ、サナエ」

「んー？　なあに？」

「もしもの話なんだけどさ。僕が、軽い……その、記憶喪失とかになっていたとしたらどうする？」

「記憶喪失？　何よ急に」

「いやもちろん仮定の話だよ。そ、そういう話をマンガで読んだんだ。そうしたら何か気になっちゃって」

我ながら下手な言い訳だと思う。でもサナエは腕を組み、真面目に考えてくれている。

「そうねえ。……でもユウ君はユウ君だし。私がユウ君のことを好きなのは変わらないし、ユウ君もそうでしょ？　なら別に記憶を少しくらい失くしちゃってても、いいんじゃないかな」

「そ、そうかな」

「そうよ。だって今別に私たち、不自由がないじゃない。幸せでしょ。なら無理にそんなことを不安に思う必要ないわ。気にしないのが一番だと思うわよ。ね」

「うん……そうだよね」

「そうよそうよ。気にしない、気にしない」

そうだよな。そのとおりなんだよな……。

気にしない。気にしちゃダメだ。

そうだ、課題をやろう。

僕は勉強机に向かい、ノートを開く。それを見てサナエがテレビの音量を下げてくれる。優しい子だ。

シャーペンの芯が切れた。僕は引き出しを開ける。買い置きがあったはず。ずっと前に買ったものだから、どのあたりに入れたか思い出せないな。僕は引き出しの奥のほうに手を入れて引っかき回す。

何かが手に触れた。

取り出してみる。時計だ。

見てすぐに分かる。有名なブランドが半年ほど前に出した新モデル。僕が欲しくて欲しくてたまらなかったもの。それなりの値段がするので、購入をためらっていたんだ。どうしてこれがこんな所に入っているんだろう？　自分で買ったのなら、引き出しの奥になんか入れはしない。毎日きっちり身に付けているだろう。

……サナエがこっそり買ってくれた？　だけどまるで隠すように、奥に放り込んだりするとは思えない。サプライズプレゼントなら箱に入れておくなりするはずだ。嫌だな。これも「忘れてしまった」ことなのか。

なんだかイライラしてきた。

金井さんはああ言っていたけれど、このまま記憶を失くしたままでいるほうがストレスじゃないか。だいたい、今これだけ幸せなんだ。素敵な彼女がいて、思いっきり研究ができる。記憶のこと以外には、何の心配もない状況。今ならどんな過去があったって受け止められるんじゃないか？

もう、思い出そう。

須藤詩織とちゃんと向き合おう。

きちんとケリをつけてすっきりしたほうが、いいはずだ。

「ユウ君。ユウ君の好きな芸人さん、出てるよ～」

突然サナエから声をかけられて、僕は飛び上がる。

「え？　あ、いや、うん。ありがと」

「？　どうしたの？」

「いやちょっと考え事してたから。今行く」

「ふうん？　別に忙しいなら全然いいよ、ただ言ってみただけ。ごめんね」

サナエは優しい。なぜか、須藤詩織という女性について考えることがサナエを裏切る行為のように思えて、僕は少しだけ緊張した。浮気とかじゃないよな。ないはずだ。記憶を失う前も今も、僕は浮気なんかできる性格じゃない……と思う。


須藤詩織のことを調べ始めてすぐ、手掛かりは見つかった。

去年使っていた手帳。そこに須藤詩織の個人情報が書かれていたのだ。僕の筆跡で住所と電話番号、メールアドレスが記載されている。

電話番号とメールアドレスは携帯電話にも入っていたが住所は新情報だった。電車で十五分くらいのところだ。

僕の心はすぐに決まった。

ここに行ってみよう。

事前に連絡を入れたほうがいいかと思いメールをしてみたが、エラーで返ってきた。電話もかからない。ひょっとしたら携帯を変えてしまっているのかもしれない。

やっぱり直接行くしかないな。

僕は覚悟を決め、電車に乗って手帳の住所に向かった。

そこは閑静な住宅街だった。

下町という感じで、細い路地と路地が組み合わさっていて歩きにくい。こんな所に須藤詩織が住んでいるのだろうか？　ギャル風というイメージからはちょっと結びつかない気がするぞ。でも、そんな偏見は良くないな。とりあえず僕は目的地に向かって歩いた。

駅から十分ほどでその家に辿り着いた。

表札に『須藤』と書かれている。僕はメモと住所を何回か見比べて確認する。ここで間違いない。インターホンを押すと、かすれたような声で「はい」と応答があった。

「あのう、すみません。須藤詩織さんのお宅で間違いないでしょうか」

こんなときどう切りだしていいのか分からない。とりあえず僕は当たり障りのない言葉で、礼儀正しく話そうと意識した。

「はい……そうですけど」

「あの、詩織さんでいらっしゃいますか？」

「いいえ。私は詩織の母です。詩織は今おりません。すみません、どちら様ですか？」

お母さんらしい。困ったな。僕の名前を言って分かるだろうか。

「ええと、僕のことをご存じかどうか分からないのですが、藤井ユウと申します」

「あ……藤井さん」

「はい。ご存じですか？」

インターホンの向こうの声は、震えていた。

「は、はい。その節は詩織が大変ご迷惑をおかけいたしました。本当に申し訳ありません。なにとぞ、ご勘弁ください」

「えっ？　あの、僕はですね――」

「すみません。私には謝ることしかできません。申し訳ありませんでした」

「いいえ、違うんです。謝っていただきたいわけではなく……」

「すみません。すみません。詩織については私どもも何と申し上げたらいいのか、分からないのです。ですから本日のところはこれでなにとぞご勘弁ください。申し訳ありません」

「……」

「ご勘弁ください。すみません」

全然話にならない。これ以上質問するのもちょっと難しい感じだ。

プツンと、インターホンは切れた。ダメだ。相手にしてもらえない。せっかく手掛かりを掴んだと思ったのに。

　僕は頭を抱えた。

　家に戻って考える。

　住所に直接行く手はダメだった。あのお母さんが僕の病気を理解してくれたらまだ何とかなるかもしれないのだが、そういうことを言い出せる雰囲気でもなかった。ただ謝るばかり。かつ、これ以上触れないでほしいという気配が濃厚だった。どうにも困ってしまった。

　でもそんなに先は暗くない気がする。

　何より僕自身、少しずつ記憶が戻っている感覚があるのだ。

　あのダイレクトメールで須藤詩織の名前を見て以来、僕は色々なことに気がついた。冷蔵庫横の写真立てもそうだし、引き出しの時計もそうだ。お気に入りの鞄も、僕はてっきりサナエからプレゼントされたものだと思い込んでいたが、実は違う。あれは須藤詩織がくれたものだった気がする。サナエに確認したら、知らないと言っていたからきっとそうだ。朝出かけるときに必ず靴の先を確認していることにも気がついた。女の子に「靴先が汚れているとみっともないよ」と言われて以来、気にするようになったのだが、それを言ったのはサナエではないらしい。となるとおそらくは須藤詩織なのだと思う。

これは失われた記憶が戻っているということだ。

僕が思い出したいと願っていること。それから、今の僕には心に余裕があるということ。これらの条件が揃って、僕の脳が封印を解き始めているんだと思う。近いうちに何かのきっかけで、ストンと思い出すに違いない。

焦るな、焦るな。

ゆっくり、ゆっくり。


その日はあっけなく訪れた。

僕はいつものように夕食の支度をしていた。今日はサナエが早く帰れそうということだったので、張り切って料理をこしらえてみる。

料理番組で見た、豆板醤を使わないあっさり塩味マーボー豆腐とやらが美味しそうだったのでそれをメインに。きっちり分量も量って作った自信作だ。味見もしたけれど相当美味しい。ご飯何杯でもいけそうだ。それから豆腐を買うときに一緒に見つけた湯葉。これを湯葉刺しにして、箸休めに。野菜はホウレン草の煮びたし。おみそ汁は三つ葉とエノキとお麩《ふ》。おダシもちゃんと煮干しから取っている。今どきの男で、これだけの料理を作って恋人を迎える奴はいないんじゃなかろうか。いや、女でもどれだけいるか。

食卓を見て驚くサナエの顔を想像してほくそ笑みながら、僕は最後の仕上げに取りかかっていた。

そのとき電話がかかってきた。

サナエ。

「もしもし？」

「あ、もしもしー？　私」

電話の向こう側からはガヤガヤとざわめきが聞こえている。何だろう。会社からかけているわけではなさそうだ。

「うん。どうしたの？　もうすぐご飯できるよ」

「あ、やっぱり準備しちゃってた？　ごめん」

「え？　しちゃってたけど……」

(おいおいサナエちゃん、ここまで来て帰るなんて言わないよねえ？　空気読んでよ？)

電話の奥から変な男の声が聞こえてくる。何だこいつ。

「本当にごめん。今日ね、飲み会だったの忘れてたのよ。ほら他の部署から新しい人が異動してきたって言ったでしょ。その人の歓迎会なの。だからね、今日は夕食大丈夫。悪いけどちょっと遅くなるから、先にご飯食べて寝ててもらってかまわないから」

（おっけーおっけー。よく言った。何？　彼氏？　つれないなあー。早く行こうぜ、ほら）

「何か変な男の声聞こえるんだけど……」

「ごめんねーこいつの声でしょ？　隣の席の先輩なの。何かもうテンション上がっちゃってるみたいで。（ちょっとやめてくださいよ、あっち行っててくださいっ）もしもし、聞こえてるー？」

「あ、うん……」

「そういうことなんだ。ごめんね。もっと早く連絡できなくて。すっかり忘れちゃってて。じゃあもう切るね。研究、頑張ってね！」

「うん。いや、大丈夫。そっちも飲み会頑張って」

「ばいばーい」

プツンと、電話は切れた。

僕の心の中で嫌な気持ちがムクムクと沸き上がってくる。

いいんだ。せっかく用意したご飯を食べてもらえないことはいいんだ。だって仕方ないじゃないか。飲み会なら、仕方がない。会社の付き合いだってあるし、一人だけ不参加ってわけにもいかないだろう。よりによって気合いを入れた夕飯を作った日にこうなるのは残念だけど、それは別にサナエのせいじゃない。どっちかと言えば変な期待をしちゃった僕のせいだ。だからそれはいい。

でも……何だろうあの男。

やけに電話口の近くで息まいていた。不愉快なんだけど。本当は飲み会じゃない、なんてことはないよな？　いや、飲み会だとしても……ひょっとしてその男とサシで飲むなんてことはありえないよな。サナエの声以外で聞こえてきたのはあの男の声だけだった。歓迎会なら、他の人の声がしてもよさそうなものだ。いやいや、たまたま馴れ馴れしく声が聞こえるように話していたのがあの男だけだった、ってことかもしれない。何よりサナエが浮気をするだなんて考えられない。あんなに僕に優しくて、愛してくれているんだ。疑っちゃダメだ。

でもサナエだ。

綺麗で可愛いサナエだ。きっと会社では人気があるだろう。狙っている男もいるかもしれない。片方が会社に勤めると、それまでの恋愛が終わってしまうことが多いって何かで読んだ。会社だとまったく新しい出会いがあって、仕事ができる先輩がいて、そっちに心を奪われてしまうとか。僕はずーっと大学院で研究をしているだけ。サナエはそんな僕を褒《ほ》めてくれるけど、具体的にどんな研究をしているのかは知らない。

そんなサナエが、一緒に仕事をしている中で凄くできる男がいたら、気になってしまうのではないだろうか。

万が一、そんなことになったら？

浮気？　そんな。嫌だ。

帰ってきたらそれとなく聞いてみるか。いや、それじゃダメだ。サナエのほうが弁がたつし、かわされてしまう。ちゃんと問い詰めてみよう。本当に飲み会だったのか、あの男とは何もないのかって。問い詰めなくては……。

僕の中で黒い黒い考えが渦を巻いて噴き上げ、心の深いところで何かの決意へと変わった瞬間。目の前がまばゆく輝いた。

光は黄色から赤へと変わり、頭の中で様々な映像が猛烈に駆け抜ける。写真がたくさん積み上げられた部屋に突風が舞い込み、古い写真もろともグチャグチャにかき回しているようだ。

そうだ。こんな気持ちになったことが、前にもあった！

僕は。

僕は！

思い出した。

須藤詩織は……僕の彼女だ。

詩織と知り合ったのはいつだったか？　忘れてしまったけれど、とにかく僕たちは付き合った。詩織は可愛くて積極的な女の子だった。どういうわけか僕のことを気に入った詩織は、僕を押し倒し、告白し、キスをした。

詩織は両親と仲が悪くて、ほとんど家出状態だった。渋谷のキャバクラでお金を稼ぎ、安いアパートを借りて一人で暮らしていた。僕がご飯を作ってあげると言うと、喜んで家に来た。詩織は僕の家に泊まったり、自分の家に帰ったり、夜通し誰かと飲んで過ごしたり……不規則な生活を続けていた。

そうだよ、詩織に僕はカレーライスを振る舞ったことがある。そのときに詩織がニンジンをよけて食べていたのを見て、僕たちは笑ったんだ。ニンジンを嫌いなのは詩織だったんだ。渋谷でデートしたこともいっぱいある。ラブホテルに半ば強引に連れ込まれたこともあった。慣れてる感じの詩織に、僕は驚いたものだった。

ラブホテルだけじゃない。どう考えても男とのデートでしか行かないだろう場所を詩織はよく知っていた。過去にたくさん付き合ってきたからそうなんだろうと思っていたけれど、だんだん僕は不安になってきた。浮気をしているんじゃないか？

詩織は四六時中メールをしていた。ほとんどが男とのものらしかった。電話がかかってくることもあった。いつも愛想良く応対していた。やはり、かけてくるのは男ばかりだった。キャバクラという仕事上、お客さんをつなぎとめるために必要な「営業」だと言っていたし、僕もそれで納得していた。だけどそうじゃないということはすぐにバレた。

思いっきりキスマークをつけて僕の家に来たんだ。問い詰めると、別の男とホテルに行っていたことを泣きながら白状した。ショックだった。凄く。だけど詩織は僕に言った。本当に好きなのはユー君だけだと。他の男の人は全部遊びで、でもユー君だけは遊びじゃなかったと。それは僕には本心のように聞こえた。

浮気はもう癖になってしまっているらしい。誘われると、何だかフラフラとついて行ってしまうのだとか。それでも僕と付き合い続けたいから、我慢すると約束した。僕はそれを信じて……仲直りした。

そうだ、そのとき仲直りの証として、蝶の細工入りの写真立てを二人で買ったんだ。それを僕は写真も入れぬまま大切に飾った。

だけど詩織の疑わしい行動は続いた。仕事の後で僕の家に来ると言っていた日に、「友達の家に泊まるから」とドタキャンをする。いつも水曜日にはシフトを入れていなかったはずなのに「今日は仕事あるから」と言う。疑ってはいけない。もし疑って、何の罪もなかったら僕は最悪の男だ。詩織のことを信じなきゃ。そう言い聞かせていたけれど、心の中に黒い疑念は溜まっていた。

それがある日、爆発した。

食事を作って待っていたのに、約束の時間を三時間も過ぎて詩織が来たのだ。もう深夜である。問い詰める僕に、詩織は何かモゴモゴと言うばかりで弁解すらしようとしない。何か知らないが鞄を後ろに回して僕に見せないようにしている。何か隠しているんだと思い、鞄を見せろと言う僕。要領を得ない言い訳ばかり繰り返して、見せようとしない詩織。男からのプレゼントでも隠しているんじゃないのか。怒る僕に、詩織も意地になって見せないと言い張った。

頭に血が上った僕は……。

気がつけば、詩織の首に手を回して締め上げていた。

細く、頼りない詩織の体から力が抜け、冷たい床に崩れ落ちる。その目はどこにも焦点を合わせていない。うっすらと涙が浮かんでいるような気がした。

詩織の手から落ちた鞄を僕は拾う。その中にはやはりプレゼントらしき包みが入っていた。歯を食いしばりながら包装を破り捨てる僕。

中からは、僕がずっと欲しがっていた時計が出てきた。

「ユー君へ。いつもありがとう。シフト増やしてめっちゃ働いて、買ったの。ごめんね。秘密にしておきたくて。こんな私だけどこれからもよろしくね」

小さなメッセージカード。詩織が書いたメッセージカード……。

僕は絶叫した。


放心状態で何日過ごしただろう。分からない。ある日詩織の友人が訪ねてきた。サナエだった。そうだ、詩織と付き合ったのはサナエが紹介してくれたからだ。もともとアルバイトで知り合ったサナエと何度も遊ぶうち、詩織が一緒についてきた日があって、それから詩織との交際が始まったんだ。

サナエは詩織の死体を見て笑っていた気がする。何だっけ？　何か言っていた。詩織は絶対ユウ君を傷つけると思っていた、だからもっと早く別れれば良かったのに。人が狙っている男に限って横取りしたがる、最悪な女なんだから……そんなことを言っていた？　サナエが？

サナエは優しい子だった。僕を慰めてくれ、そして死体の処分を手伝ってくれた。サナエに言われるがまま、僕らは一緒に詩織を解体した。首を切り、手足を外し、砕けるところは砕き、できるだけ細かく、発覚しづらいように。そうだ、あの風呂場で解体したんだ。僕は、詩織を……。詩織を！　解体した死体はサナエがどこかに捨てに行ってくれた。

詩織の母親には「詩織が浮気をした挙句に他の男と逃げた」とサナエが伝えてくれ

た。完全に僕が被害者であるように言ってくれたから、母親はしきりに謝っていたっけ。詩織は世間的には失踪扱いとなった。サナエはこれで大丈夫、と僕の頭を撫でてくれた。

詩織はもう戻ってくることはない。

詩織は良い子だったんだ。少し不器用で、ちょっとわがままなところもあった。でも根は優しい子なんだ。カレーライスを食べると美味しいと笑ってくれた。一緒に飲みに行って僕がお酒が苦手なのを知ると、僕の分のお酒も平らげてくれた。僕がカタログを見るたびに欲しい欲しいと言っていた時計のことを覚えててくれて……。

僕のために……。

買ってくれたんだ。

詩織。

詩織……。

涙が後から後から溢れ出して止まらない。

詩織に会いたい、詩織に会って謝りたい。僕は取り返しのつかないことをしてしまった。詩織に会ってもう一度抱きしめたい、詩織にキスがしたい、詩織。詩織。ごめん。ごめんよ詩織……。

「どうしたの、電気もつけないで」

闇の中から誰かの声がする。

「ユウ君？　ごめんね今日は。ほんとに飲み会のこと忘れちゃってて。準備させちゃったよね、明日食べるから。」

サナエだ。サナエだ。サナエ、ユウ君？　いるの？」

声が上手く出せない。

悲しくて悲しくて、僕は錯乱状態だった。

「詩織が、詩織が……詩織がもういないんだ……」

僕の目の前にサナエが立つ。僕はサナエに訴えた。詩織が。詩織が。

サナエは僕を安心させるように、にっこりと笑ってくれた。

「また寝ぼけてるのね？　間違いのダイレクトメールなんて、気にすることないわよ。さ、お詫びにケーキ買ってきたから。一緒に食べましょ。ユウ君の好きなガトーショコラ、あるよ」

その笑顔に邪悪なものを感じて、僕は静かに失神した。

朝だ。鳥の声が聞こえる。

「コーヒーと紅茶、どっちがいい？」

さえずりにまじって、僕を夢の国から引き戻す声。

「んー」

「んーじゃどっちか分からないでしょ、もう」

「じゃあ紅茶……」

「あら、私もちょうど紅茶が良かったの。うふふ、相性ばっちりね。さあ起きて、起きて」

ブラウスの上にエプロンをつけて、キッチンを行ったり来たりしているサナエの姿が見える。髪をまとめていて可愛らしい。僕はノソノソと布団から起き上がり、朝食の支度をしているサナエのそばに歩み寄る。僕に気がついてサナエが振り返る。そのピンク色の口に僕は唇を重ねる。おはようのキスだ。

柔らかな感触が心地よい。

「もう。毎日これだけは欠かさないのね」

サナエは照れくさそうに笑って言う。

同棲生活を始めて、どれくらいになるだろう。最初のうちこそ緊張したけれど、慣れてみればとても楽しい。朝起きればサナエがいる。夜待っているとサナエが帰ってくる。誰かがそばにいるというのはいいものだ。ご飯のとき、朝起きたとき、夜眠るとき……ちょっと会話ができるだけでとても幸せな気持ちになれる。

「今日ユウ君は授業あるの？」

サナエが湯気の立っている紅茶のカップを僕に差し出す。

「あーあるわ。でも二限からだから、まだ大丈夫」

「あらら。学生はいいわねえ。社会人は大変よ。えーと君は、砂糖は一個、ミルクはなし。そうだったわよね？」

「うん。ありがとう。覚えてくれたんだ」

サナエが角砂糖を一つ、ポンと僕のカップに入れてくれる。

「うふふ。じゃあ私は？」

「砂糖なし、ミルクたっぷり」

「当たりー。さすがね」

「君のことなら何でも知っていたいもの」

僕は冷蔵庫の扉を開けて牛乳の瓶を取り出す。電子レンジの隣、いつ見ても少し寂しいな。何か置物でも買ってきておこうか。そんな考えがふっと浮かぶけれど、冷蔵庫の扉を閉めたとたんに忘れてしまう。まあいいや。牛乳の瓶を傾けてサナエのカップに注ぐ。紅茶の色が薄くなり、白く白くすべてを覆い尽くすがごとく濁っていく。

その様を見てサナエが幸せそうに笑っている。

どうしようもないくらいにラブラブな僕たち。

この幸せな生活がこれからもずっと続いていくんだろう。
僕はサナエともう一度、キスをした。

僕の記憶。

僕の記憶は本当に正しいんだろうか。

いつか、もし、別の記憶が蘇ってきて、全ての生活が崩壊してしまったら。

いや。

崩壊してしまえばいい

崩壊してしまえばいい

FILE.3

「はじめまして。今日から同じクラスだね。私は園田ユリ。よろしく」

私は隣の席に座っている男子に挨拶をする。彼は読んでいた本から顔を上げ、私を見る。そのぼんやりとした顔。自分に話しかけられているのかどうか、分かっていないようだ。

「よろしくね」

私はもう一度言うと、彼の机の目の前でにっこりと笑ってみせた。

「ああ、よろしく」

彼は何か感情を込めることもなくそれだけ言うと、また本に目を戻した。

「ちょっとお、ユリ」

一緒に下校中、友達のミナミが私に言う。

「今日長山君に話しかけてたでしょう?」

「え？　ああ、長山シン君。うん、ちょっとだけね。初めて一緒のクラスになったし、席も隣同士になったから一応挨拶しなきゃと思って」

「あーもう、この子は。いや、いいんだけどね。他の男子だったら全然そうすべきだと思うんだけど、長山君はちょっとなあ」

ミナミは頭に手を当てながらふうとため息をつく。

「え？　何か問題でもあるの？」

私、失礼なことでもしたんだろうか。

「いやいや、まあね。何て言ったらいいのかなあ……長山君ってちょっと要注意人物じゃん。そういう情報にユリが疎《うと》いのは知ってるから、仕方ないのかな。今教えといてあげる。長山君、ちょっとヤバいんだよ。危険なの。あんまり近づかないほうがいいって評判だよ」

「え？　危険？」

私は長山君の姿を思い出す。

背は高くも低くもなく、スラッと細身で真面目そうな人だった。瞳の色が少しグレーで、かけている黒フレームのメガネの印象もあり頭が良さそうに見える。読んでいた本も小説などではなく、何か学術書のようだった。あまり陽気な人ではなかったけれど、特に危険とも思えない。

「そうそう危険」

「女の子に次から次へと手を出しちゃうとか、そういう系？」

「違う違う」

ミナミが手を振って笑う。

「それは四組の飯島でしょ。長山君は違う。何て言うかな、あいつ人間の感情ないんだよ。たぶん」

「何それ」

「私は現場にいなかったから、又聞きなんだけどね。一年のとき、向田が長山君のことイジメようとしたんだって。筆箱かなんか取って、返してほしけりゃ土下座しろ、ってからかったの。そしたら長山君、どうしたと思う」

「え？　怒った？」

「怒らなかった。長山君はため息一つつかず、すっと立ち上がった。その目には怒りの色も、面倒くさそうな感情も、恐怖の光もなかったって。ちょっと水道で手を洗いに行くような自然さで、長山君はゆっくりと向田のところまで歩み寄り、何の躊躇《ちゅうちょ》もなく、静かにコンパスの針で向田の腕をぶっ刺した」

「えっ」

想像するだけで痛い。私は思わず顔を歪《ゆが》ませる。

「向田、とっさに筆箱を放しちゃったって。そりゃそうだよね。腕刺されてんだもん。驚くっしょ。血が出てきてさ、向田、びっくりしちゃってもうオロオロするばかり。教室もシーン、だよ。また向田が嫌がらせしてる……誰か、長山のこと助けてやるか？　そんな空気だったのが、一変。長山君は向田が落とした筆箱を拾って、特に何の感慨もなさそうに席に戻るとまた本を読み始めたんだって。向田の取り巻きは、向田の周りに集まっておろおろするばかり。そんな彼らに向けて長山君は一言。『静脈だから……そこ。すぐ血は止まる。内出血していたら、二十四時間後に温めるとい い』……って！」

「えええ……」

「ね？　ヤバいっしょ？　あいつ怖いんだよ。キレたら何するか分からない。いや、そもそもキレてるのかどうかもさっぱり分からない。宇宙人だよもう。まあ……からかったりしなければ大丈夫とは思うけどさ。あんまりあいつとは仲良くしないほうがいいと思うよ」

「そ、そうなんだ」

そんな人には見えなかったけれど。

どうしよう。

彼と私、今学期ずっと隣の席なんだけれど。

青ざめている私を見てミナミが慰めてくれる。

「だ、大丈夫よ。ごめんね脅かしちゃって。変なことしなけりゃ平気だと思うし。何か困ったことがあったら私に言ってくれればいいから。ね？」

「う、うん」

涙ぐみそうになっていると、ミナミが私の頭を撫でてくれた。


翌日の生物の実習で、私は長山君と同じ班だった。

何かと席の隣同士で班を組ませて授業を行うこの学校では、長山君と「あんまり仲良くしないように」と言っても難しい。一緒にいる機会が多すぎる。

仕方なく私は長山君に話しかける。

「カエルの解剖だってさ。怖いね」

「……何が？」

長山君はボソッとつぶやくように答えた。

「え？　何が……って」

私は解剖皿に載せられたカエルの姿を改めて見る。眠らされているとは言え、まだ生きているのだ。その全身の器官は一所懸命生きるために活動している。手足は固定されていて、無防備に切り刻まれるのを待っている。「途中で麻酔が切れてカエルが動き出すことがあります。その際は慌てず、脇の脱脂綿をカエルの顔に当てるように」……先生の説明が思い出される。

怖い。

横に置かれているメスやハサミ。鋭い光を放っている刃。あれを持って、生きているカエルのお腹を切り裂くのだ。怖すぎる。どうしても自分自身を切るようなイメージが湧いてしまう。

もともと私は「痛い」のがとっても怖いのだ。友達がタンスの角に足の指をぶつけたときなど、私のほうが叫んでしまう。注射も苦手だ。あの針が刺さると考えただけで血の気が失せる。実際に刺さってしまえば大した痛みではないけれど、そこに至るまでの流れが怖いと言うか。

「……長山君は、怖くないの？」

「怖くないよ」

長山君は本を見るときと同じ眼差しで解剖皿のカエルを見つめている。

「何？　君はこんなのが怖いの？」

少し強い語調で長山君が聞く。

「え……うん」

思わず一歩後ずさりしてしまう私。長山君はため息をついた。

「ああそう。じゃあいいよ。僕がやってあげるから」

えっ？

私が答える前に長山君はハサミを手にすると、何のためらいもなくカエルの体を切り開いた。カエルがビクビクと痙攣《けいれん》する。麻酔の効きが悪かったみたいだ。長山君は動揺することなく麻酔液の染み込んだ脱脂綿をピンセットでつまむと、カエルの顔面に押し当てる。

「……よし」

カエルの抵抗がなくなったことを確認し、長山君は作業を続けた。周りの班はみんな誰が最初に切るかで揉めていて、なかなか作業が進んでいない。

私は勇気を出して、長山君の手元を見る。エーテルの匂いがツンと鼻を突く。

「見る？　これが動脈。これが心臓だ。脈動している。あ、これが胃だな」

手際がいい。まるで自分で組み立てた機械を分解しているかのよう。

「前日に、虫を食べているな。足だけが残っている。形から見てバッタかな……」

長山君がメスでカエルの胃を切り裂いて、中からバッタの足を見つけ出した。そこで私は気分が悪くなり、うつむく。

「心臓の脈動が弱くなっていく」

ゆっくり、死んでいるんだ。私は悲しい気持ちになった。このカエルは前日にバッ夕を食べていたときには、今日こんな目に遭うだなんて想像もしていなかっただろうな。

　私はちゃんと勉強しなければカエルに申し訳ないような気がして、頑張って解剖皿を見つめる。そこには美しく分解されたカエルの姿があった。臓器は整然と並べられている。長山君はすでにレポート記入にとりかかっていた。

「終わったよ」

「あ、うん……」

　長山君は静かにレポート用紙にシャープペンシルを走らせている。何か言わなきゃ。そうだ、お礼を言わなきゃ。全部やってもらっちゃったんだもの。

「長山君」

「ん？」

「あ、あの。ありがとうね。長山君って凄いね。こんなに綺麗に、素早くやっちゃうなんて。他の班なんてまだおっかなびっくりやってるのに」

「そうかな。慣れてるだけだよ」

「……慣れてる？」

「うん。趣味なんだ。よく小動物でやる。こないだは猫で試した」

「……」

絶句する私。

長山君は冷たい目でレポート用紙を見直す。どうしたらいいか分からない。今の、聞き間違い？　猫を解剖したってこと？　自分の家で……？　何のために、そんなことを。

長山君はレポートを見て満足げにうなずくと、裏返して机の上に置いた。そして私を振り返り、無表情に言った。

「園田さんの趣味は？」

私は答えられなかった。


「うえーっ。それマジ？」

ミナミが大げさに驚いてみせる。

「うん。凄く速くて。カエルを切るのなんて平気、って感じだった。平然と解剖してたよ」

「あーでも、イメージ湧くなあ。長山君ってそういうの気にしなそう。あいつさ、他人の痛みを理解する能力が欠けてるんだと思うよ。解剖なんて、相手が『痛がる』とか『苦しむ』とか考えなければただのパズルじゃん。組み合わさった臓器をばらしていくだけの」

パズルって。ちょっと気持ちが悪い。でも、確かに。

「そうかもしれないね。あ、マンゴーください」

私はジューススタンドでマンゴージュースを買う。下校中にここでジュースを買うのがいつもの楽しみだ。このスタンドでは注文を受けてから果物をミキサーで挽いてくれる。新鮮な味わいがとても美味しい。私はマンゴーがお気に入りで、そればかり頼む。

「私はバナナミルクで」

ミナミは大抵イチゴミルクかバナナミルクのどちらかだ。

「他人の痛みを理解できない、かあ……」

私は目の前でマンゴーとバナナミルクのジュースが作られていくのを見つめながら言う。

「うん。絶対そうだって。ユリも何となく分かるでしょ。私は長山君と一年のとき同じクラスだったからよく分かる。あいつまず、加減ができないんだよ。不良なんかにちょっかい出されると反撃するんだけどさ。急所を躊躇なく狙うんだよね。目とか鼻とか、股間とか……。普通の喧嘩だったら、頬を殴るとかじゃん？　長山君は違うんだよね。武器もすぐ使う。ペンとか。相手をどうしたら効率よく機能停止させられるかを知っていて、そのためだけに戦う感じがするの。自分から喧嘩を吹っ掛けることはないから先生にはマークされてないけど、相当危ない奴だと思うな。その気になれば人殺しだってできそう」

「ひ、人殺し？」

「うん。そうそう、授業中にゴキブリが出たことがあったのよ。女子は悲鳴上げるし、男子はホウキ持ち出すしで騒ぎになった。そうしたら長山君が歩み出てね。もうほんとに淀みなくって言うのかな、さっとゴキブリを捕まえたのよ。そしてすぐに頭をもぎ取ったの。ざわつく教室に見向きもせず、今度は足を一本ずつ外して、羽をちぎり取った。それをまとめてゴミ箱に入れたの。そして何事もなかったように席に戻ったのよ。もう、みんなシーン、よ」

「え……」

考えただけで怖い。

「長山君にとってはゴキブリもカエルも人間も、大して変わらないものに見えてるんだと思うわ。自分の邪魔になるものなのか、ならないものなのか。邪魔になるときはその機能を必要な範囲で停止させるだけ。それは彼にしてみれば目覚まし時計のスイッチを切るとか、テレビのリモコンで音量をゼロにするとかと同じ。作業なのよ。何か感慨を抱くようなことじゃない。生まれながらの殺し屋だよ、長山君は」

「そ……そんなに怖い人なのかなあ」

「あれ？　ユリ、長山君の肩を持つの？」

「そういうわけじゃないけど」

私はできあがったマンゴージュースを受け取る。

「でもねミナミ、カエルの解剖なんだけどね。長山君は確かにさっさと解剖しちゃったんだけど、その後は静かにレポート書いてるだけだったよ。むしろ他の男子のほうが怖かった。佐々木君なんか、カエルの内臓をグチャグチャにかきまぜて、『カエルジュース出来上がり』とか言って遊んでたんだよ？　市川君も、わざと麻酔切らせた状態で切って喜んでいた。長山君はそういうことはしなかった。生き物を玩具にしてはいなかったよ」

「ふうん……でも、解剖が趣味って言ってたんでしょ。それって解剖して遊んでるってことじゃない」

ミナミはバナナミルクをチュウと吸う。

「……そうかもしれないけど。でも私は……長山君より、佐々木君とか市川君のほうが怖く思えたんだよ」

「ふうん」

ミナミがニヤッと笑う。

「さては、惚れたわね」

「ち、違うよ！」

そういうんじゃないのに。

ミナミはすぐそういう話に結び付けたがるから、きらい。


次の日、長山君は学校をお休みした。

「長山が休みなんて、珍しいな」

先生が言う。

確かに長山君が休むのは珍しい。いつも同じ時間に来て、朝礼の時間まで本を読んでいる長山君。特に騒いだり話しかけてくることはないが、彼は静かにそこにいるのだ。

今日は隣の席がガランとしてしまって、何だか寂しく感じる。

長山君は一体どうしているのだろう。風邪だろうか。それとも何か急な用事でもあったのだろうか。一人でいるときの長山君がどんな感じなのか、私は想像を膨らませる。彼の頭の中ではどんな光景が見えているのだろう。道行く人や、猫や、鳥たちがどのように映っているのだろう……。

惚れたのとは違うけれど、私は長山君のことが気になっていた。確かに怖い。時々ゾッとするようなことを平気でやってのける人だ。だけど……そんなに悪い人ではないと思う。隣の席になって話す機会が増えたからだろうか？

長山君は本を読んでいたり、教科書を眺めていたり……隣の私には無関心でいることが多い。完全無視されているのかと思いきや、テストのとき消しゴムをなくしてオロオロしている私に自分の消しゴムを渡してくれたことがある。急な雨が降り出したときに折りたたみ傘を貸してくれたこともある。どちらも「使えば」という感じでぶっきらぼうに差し出してくるだけだ。私が受け取ると、無言でうなずく。

冷たい目をしているくせに、長山君は思ったよりもずっと優しい。他の男子みたいに意地悪しないし、人をからかったりもしない。彼はクラスで浮いているけれど、善良だった。

お見舞いに行ってみよう。

私がそう思い立ったのは、もう六時間目が終わろうとするギリギリのときだった。連絡網に書いてあるので長山君の住所は知っている。私の家からけっこう近い。口実もいくつかあった。一つ目、こないだ借りた傘を返しに行く。二つ目、先生が明日の小テストに出す問題を今日の授業で予告していた。それを伝えてあげる。

……うん。大丈夫。ちゃんと口実がある。問題ないわ。自分に言い聞かせる。

いつものように一緒に帰ろうと誘ってくれるミナミに「用事がある」と断り、私は長山君の家に向かった。

普段真っ直ぐ進む十字路を左折し、古びた商店街を抜けて行く。通ったことのない道。初めての道。長山君はいつもこの景色を眺めながら登校しているんだろうか。

もし家にいなかったらどうしよう？

そうしたら、この傘と小テストの予告問題メモを郵便受けに差し込んで帰ればいい。それで十分分かってくれるはず。それ以上のことは必要ないし。

……もし家にいたらどうしよう？

どうしよう。

長山君の家は小さな小さなアパートの一室だった。ファニーメゾン二〇三号室。想像していたよりもはるかにオンボロの外見。貧乏大学生が一人暮らしをするような物件だ。

こんなところに長山君の家族は住んでいるのだろうか。

まさか、お父さんやお母さんがいないのだろうか？　私には両親がいるし、一戸建ての家がある。妹も私も自分の部屋を与えられている。……長山君もきっとそういう家庭なのだと勝手に考えてしまっていた。ダメだ。自分の生活を前提にしちゃダメだ。

表札が出ている。

『長山』

間違いない。

私はインターホンを押す。しなびたような音が響くと同時に、横に巣を張っていたクモがのそりと動いた。

「……」

応答はない。

「ごめんください。あの、長山君と同じクラスの園田といいますけど」

私の声は虚しく壁に吸いこまれていく。ここであってるはずなんだけど。不安になった私は表札を再度確認する。留守なんだろうか。

私はもう一度インターホンを押してみる。

「あの、同じクラスの園田といいます。長山君に渡したいものがあって……」

「何の用」

ぶっきらぼうな声がして、ドアが開いた。

長山君はいつもの無表情な目で、半開きのドアの隙間から私を見ている。

「何ってその、長山君今日、学校休んだでしょ。だからえっと、こないだの傘、届けようと思って……」

何だか緊張してしまい、変なことを言ってしまう。とにかく傘を渡さなきゃ。私は下を向きながら傘を差し出す。

「そんなもの机の上に置いておいてくれればいいのに。どうせ置き傘なんだから」

つまらなそうな顔で長山君は傘を受け取る。黒い傘布に茶色の持ち手の、何と言うこともない地味な傘。

「そ、それだけじゃないもの。あのね、明日のテストでこの問題を出すからって、先生が……」

私はメモと、ノートのコピーを差し出す。こんなことまでするなんて、ちょっと変だよね。変な気がしてきた。ただのクラスメートがすることじゃないよね。急に恥ずかしくなってきて、私は顔が赤くなるのを感じる。

長山君は興味なさそうに紙束を受け取って言った。

「ありがとう」

そして少しだけ頭を下げた。

いけない。このままじゃ会話が終わっちゃう。何か言わなければすぐにでも長山君がドアの向こう側に引っ込んでしまいそうで、慌てて私は口を開く。

「ねえ、長山君。今日はどうしたの？　風邪？」

「ん？　いや」

長山君が首を振る。何か言いたくないような理由で休んだのだろうか。これ以上詮《せん》索《さく》するのはいけないことだろうか。

「あんまり休まない人だから、どうしたのかなって心配になっちゃって」

「いや、大したことじゃないよ。午後から行けるかと思ったけれど、意外と時間がかかったから休んだんだ」

「何？　腹痛か何か？」

「妹が自殺したってだけ」

「……えっ？」

「じゃあ、また明日学校で」

「あ、ちょっと待ってよ！　自殺ってどういうこと？　何があったの？」

私の混乱をよそに、長山君はゆっくりとドアの奥に消えていく。

「待って！　ねえ！」

私はドアを掴み、強引にこじ開ける。

「せっかく届けてあげたんだから、少し休憩くらいさせてよ。ねえ。いいでしょ？」

「……別にいいけど」

長山君は少し面倒くさそうに言った。

長山君の後を追って室内に入る。そこにはワンルームの小さな部屋があった。

……ここが長山君の家。よく片付いている。と言うよりは、物がとても少なかった。小さな棚。ちゃぶ台。そして二段ベッド。ほとんど子どもサイズに見える。これに長山君が寝たら、かなり窮屈だ。それ以外に家具はない。

台所にはステンレス製の洗い籠があり、その中に皿と茶碗が一つずつ、寂しげに置かれていた。

「……お茶」

長山君が温かいコップを差し出してくれる。

「あ、ありがとう」

「粉になってるお茶、溶かしただけだから。あまり美味しくないと思う」

「ううん、大丈夫」

室内にはソファも椅子もない。私はコップを手にしたまま、所在なくあたりを歩き回る。ふと棚に可愛いイルカのぬいぐるみを見つけた。触るとフワフワとしていて、気持ちがいい。長山君には似つかわしくないものだ。

「これ、妹さんの……？」

「そうだよ」

長山君は私の手からぬいぐるみをさっと取ると、部屋の真ん中に置かれている大きなゴミ袋の中に放り込んだ。中には他にも色々なものが入っているようだ。

「えっ？　捨てちゃうの？」

「ああ。もう必要ないものだからね」

「そんな！　どうして。妹さんの思い出の品なのに」

「なら君が持って行くか」

長山君が答える。

「何言ってるの……長山君、変だよ！　絶対変！」

「君がそう思うのは自由さ。……お茶飲んだら、帰ってね」

長山君は特に不快そうなそぶりも見せず、妹の遺品と思われるものを淡々とゴミ袋に入れていく。

「長山君……妹さんと二人暮らしだったの？」

「そうだよ。両親が死んでからはずっとそうだった。でも妹ももういなくなってしまった。僕はもう、一人だ。これからは一人暮らしだな」

「たった一人の肉親だったんでしょ？　一緒に暮らしてきた、家族なんでしょ？　ねえ、その妹さんが死んじゃったんだよ？　なのにどうして、そんなに冷めてるの！　おかしいよ！　心がどこか欠けてるんじゃないの？」

長山君が少し困ったような顔で私を見ている。

まずい。感情のままに怒鳴ってしまった。でもダメ。止まらない。

「ゴキブリの首を平気でもいだって話、聞いたよ。友達をコンパスの針で刺したって話も聞いた。カエルの解剖のときだってやけに落ちついていたよね。別にいいよ。それくらい別にいいけれど、そういうのに慣れすぎてるんじゃないの？　他人や動物の痛みを気にしないのが当たり前になっちゃって、本当に大切なことを忘れちゃってるんじゃないの？　ねえ！　おかしいと思わないの！」

人の家に勝手に上がりこんでおいて、わめきちらす私。大迷惑だ。でも、言わずにいられない。どうしても。

「長山君、人としておかしいよ！　狂ってる！」

言いすぎた。

さすがにまずいと思って口に手を当てる。

「狂ってる……か」

長山君がほんの少しだけ悲しそうな顔をする。

「確かに僕は、他の人と比べて少し考え方が違うかもしれない」

「そうだよ。感情が欠落してるよ。絶対変」

「……でもさ。園田さん。僕は納得できない。園田さんは他の動物の痛みや苦しみを、知るべきだって言う。他の動物を傷つけることの悲しさをもっと理解するべきだって言う」

「そうよ。それができるのが人間じゃない。自分以外の何かを可哀想だって思えるのが人間なんだよ」

「何なのそれ？　可哀想って何？　それは論理的に示せるものなの？　生物の体の一部を損壊させることが『可哀想』ってことか？」

「何を当たり前のこと言ってるの。他の生物を傷つけたくないのは、ごく普通の感情でしょう」

「そうなの？　じゃあ駅前の花屋を見てどうして何も思わない？　生きたままの植物を都合のいい形に切り取り、陳列しているじゃないか。あれが人間だと考えてごらんよ。形の良い腕や足や首が選ばれて切断され、値札をつけて売られているんだ。それもすぐに死なないように、適度な栄養を与えられて。人々はそんな残酷な店に寄り、恋人へのプレゼントとして購入していく。花の気持ちなど、まったく考えもせずに……。解剖されるカエルを見て可哀想だと言う君が、どうして花束を見て可哀想だと思わないんだ？」

「えっ……」

「他にも、そうだ、生け花だってひどく残酷だ。違う種類の花を組み合わせて、芸術だとか美しいだとか言いながら作っていく。人間が違う種の動物にそれをされたらどんな気持ちになるだろう。クリスマスツリーだってそうだろう。その辺の植物を勝手に人間の都合で飾り立てる。命を弄んでいるだけじゃないか」

「それは……植物と人間は、違うもの」

「そうなの？　植物だって生きているんだ。植物に人間と同じような意識や痛覚がないと、どうして言いきれるんだよ。人間の可聴域の外で、悲鳴を上げているかもしれないじゃないか」

「……」

「カエルの解剖だけじゃない。人間は四六時中、何かの命を奪って生きているんだ。食事はもちろんそうだろう。ハンバーグ。他の生物の未来を奪い、肉を粉々にして吸収すること。ご飯。イネの卵たちをまとめて熱水で虐殺して、貪り食うこと。植物を殺してその体を柱にした家に住み、同じく殺した植物をグシャグシャにして平たい繊維状にしたものに字を書いて勉強する。書いた字を消すのは、植物の樹液……つまりは血液から作り出した消しゴムだ。血の塊だぞ！　昆虫が必死に子供のために集めた蜜を奪い取り、夏休みには昆虫をおもちゃのようにスーパーで販売する。動物の皮を剥いでそれを身にまとって寒さをしのぎ、ただの娯楽のために魚を釣っては池に戻すことを繰り返す。悪魔の所業だ。可哀想？　そんなこと今さら言うのもおこがましいくらいに僕たちの手は血まみれだ。この、人殺し！　人殺し！」

「……」

長山君がいくつも挙げた例を、人間に置き換えて考えてみた私は気持ちが悪くなる。

「要するに君は、不平等なんだよ。『これを殺すのは残酷で可哀想』『これを殺すのは気にしない』って勝手に分けて、その範囲の中で悲しんでいるだけなんだ。自己満足もいいところ。カエルを切り刻むのを怖がるなら、花占いで花をちぎり取ることも怖がってあげるべきなんだ。野良犬に食われたウサギを悲しむのなら、ウサギに食われるキャベツに対しても悲しむべきなんだよ。感情なんてものは、人間の勝手な思い込みだ。いつだって、自分に都合のいいところまでしか悲しまない。そりゃそうだよね。感情なんてものは人間が効率よく生きるための『機能』なんだよ。人間が楽しく生きるためにだけ感情は働く。逆に言えば、絶対的な愛とか、悲しみなんてものは存在しないんだ。自分のことを顧みずに、可哀想だとか言う人間。自分は慈愛に満ちた善良な存在だと思い込んでいる人間。そんな人間、僕は嫌いだ」

「そんな、待って、違う」

「何が違うんだよ。君は僕に言い返せないじゃないか。可哀想なら、全部平等に可哀想だと思うべきなんだよ。残酷なら、全部等しく批判するべきなんだよ。そうできないのが『感情豊か』だとは、僕は思わない。君の言っている感情とは、感情という言葉を言い訳にしたわがままじゃないか！　僕はそんな卑怯《ひきょう》な真似はしない。いいかい、僕はね、全てを平等に『可哀想だと思わない』ことにしているんだ。それをどうこう言わないでもらいたいな。僕のほうがずっと筋が通っている。狂っているのは君たちじゃないか！」

いつになく饒舌《じょうぜつ》にまくしたてる長山君。その瞳には何か切実な思いが満ちているように感じられた。

「長山君……」

「何だよ」

「いつも、そんなこと考えていたの？」

「何？」

長山君がぶちまけた理屈。それ自体は辻褄《つじつま》が合っているように感じられた。確かにうまく言い返すことはできない。だけどそれ以上に、私の心を打ったものがあった。

消しゴムは血液の塊。クリスマスツリーは人体を飾り付けるようなもの。

そんなことを考えて生きるのは、どれだけ辛いことだろう……？

「長山君、どうして……どうして？」

「何だよ」

「どうして……そんなこと考えるようになったの？」

私は何だか悲しくなって、目から涙が溢れそうになる。何で？　今、言い争いをしているはずなのにどうして私が泣きそうになるの？

そうだ。

長山君のことが気になったのも、大した理由もないのにお見舞いにまで来たのも、まずいと思いながらも文句を言わずにいられなかったのも……長山君が凄く辛そうに見えたからだ。長山君はいつもいつも平気な顔をしていて、なぜかそれが逆に何かをグッと押し殺しているように見えて、私は……。

何とか長山君の力になりたくて……。

どこからか深く深く長山君の悲しみが、流れ込んでくる。ダメだ。涙を止められない。

なんて弱い私。

長山君はまるで変な生き物でも見るように呆れた顔をしている。

「簡単だよ。そのほうが、楽だったからだ」

「楽……?」

「うん。楽」

「いつから、そうなったの」

「父さんと母さんが殺されてからだな」

「えっ……」

長山君はまるで取るに足らないことのように、ボソボソと話す。

「小学六年生だったかな。妹は三年生か」

「殺されたって……」

「強盗だよ。僕と妹は二階の子ども部屋で眠っていた。夜中に目が覚めると、一階から何かを散らかすような音が聞こえたんだ。そのときはお化けが出たんだと思った。音がやんで少し経っても、僕たちは怖くて眠れなかった。だから二人で手をつないで、下を確かめに行ったんだ。僕は精一杯の武器として長い定規を持って。妹はお守りに、あのぬいぐるみを握りしめていた」

定規も、ぬいぐるみも。今はゴミ袋に入っているのが見えた。

「一階は静まり返っていた。何の音もなかった。いつもだったら両親の寝息くらいはするはずだったから、僕たちは本当に異世界に入り込んでしまったんじゃないかと不安になった。そして僕は両親を呼びながら寝室のドアに手をかけて、開いた。電気は点いていた……」

長山君は私のことをチラッと見る。

言うか言わないか迷っているようだった。

私はうなずいて、先を促す。

「そこにはメチャクチャに散らかされた死体があった」

私は思わず息をのむ。

「分厚いナイフで叩き切り、蹴散らし、粉砕したんだろう。どれが母さんでどれが父さんなのかすら、もう分からなかった。細かな繊維に肉の破片、管のようなもの、鮮やかに散った血液、柔らかいゼリー状の何か、金属にも見える黒々とした塊、肉片つきの体毛……そんなものがあたり一面に広がっていた。僕は叫ぼうとした。叫べなかった。そこで思いっきり大声で叫ぶことができたら良かったのかもしれない。喉はカラカラで、息をすることすら苦しかった。声の出し方を忘れてしまったみたいに僕は何一つ音を発することができなかったんだ。おかしくなる、そう感じた。このままここにいたらおかしくなる。僕の頭の中で作り上げてきた何かが崩れ落ちて、僕はバラバラの無意味なカケラとなって飛散してしまう。怖かった。目の前の光景が怖かったと言うよりは、自分自身がどうにかなってしまいそうなことが怖かった。壊れてしまう。僕は壊れてしまう……。世界がグルグル回って、わけの分からない色で明滅していた。僕という輪郭も、僕という言葉も意味を失って、僕はただ空気のように拡散してしまう気がした」

何の感情も見せず、長山君は淡々と続ける。

「僕は消えてしまうのは嫌だった。だからこの光景を受け入れようと思ったんだ。この光景は怖くない。怖くない。怖がることじゃないって自分に言い聞かせた。その言葉でバラバラになった自分を必死でかき集めて、貼り合わせていった。長い長い時間が経ったような気がした。やっと自分の輪郭がもう一度意識できるようになったとき……僕はもう、何も怖くなくなっていたんだ」

小学六年生で。今の長山君と同じ目をして。立ちすくむ姿が見えるようだった。

「不思議なくらい、何も怖くなかった。目の前の光景は完全に変質していた。その映像自体が変わったわけじゃないのに……。鶏肉。そう……鶏肉に見えた。フライドチキン、食べたことあるだろう？　あれを汚く食べたとしよう。中途半端に肉が残り、だけど骨や神経が少しだけ覗いている。まさにそんな状態が寝室に広がっていた。あるいは、魚でもいい。焼き魚をほぐしたことはあるかい。切り身だってかまわない。魚を汚く食べ散らかすと、お皿の上に肉や骨が散らばる。それと同じだ。一度その心境に入ってしまうと、何でもないことのように思えた。惨殺された両親を見ていても、『あーあ、こんなに散らかして』と感じるばかりだった」

「悲しくは……なかったの……？」

「不謹慎かもしれないけれど、悲しくはなかった。僕はたぶん、目の前の光景を受け入れるために心のスイッチの一つをＯＦＦにしたんだ。あるいは、ＯＮにしたのかもしれないけれど。そのときから、死を前にしても動じなくなった。だけどね、それはけっして両親と過ごした楽しい日々を忘れたわけじゃない。そういうことじゃない。悲しみをもっと長いスパンで感じるんだ。両親の死体は、やがて土になって木を育て、その木を食べて虫が育ち、その虫を食べて鳥が育つ。両親とはもう直接話すことはできないけれど、不死の存在となってあたりに拡散している。だから悲しくはない。そういう心境になったんだ」

「そういうのって、宗教とかで聞いたような気がする」

「あるかもね。みんなその境地に到達したくて修行したり、高いお金を払ったりするんじゃないかな。僕は仕方なくだけど、偶然その境地に達したんだと思ってる。別に楽しいもんじゃないけど。とにかく僕は、全てを平等に怖がらなくなったんだ。カエルの解剖も怖くなんかない。逆に自分が解剖されるとしたって、ちっとも怖くない。自分が死んだって土になって何かに再構築されるだけなら、死なんてもはや意味をなさない概念だからね」

「そんな……」

「人間の考えなんて、簡単に変化してしまうんだよ。目の前で家族を殺されるだけで『何を怖がるか』という心の仕組みが変わってしまうんだ。僕はただそのときそのときを必死に生きてきただけだ。でも君たちから見れば、僕は相当変な人に見えるのかもしれないね」

　必死に生きてきた。

　きっとそうだ。長山君は生きるために、悲しみや恐怖を受け入れるために心を『作り変えた』んだ。どれだけ辛い経験だったことだろう。人格が変わってしまうなんて。

「僕から見れば、『何を怖がるか』もきちんと自分で決めていない君たちは、とてもお気楽に生きているように感じられるけど……」

「い、妹さんも」

「ん？」

「妹さんも長山君と同じような考え方になってしまったの？」

「いや、妹は逆」

逆？

「妹は優しい子だった。僕みたいに冷めているところがなくて、温かくて。虫や花が大好きな女の子だ。……ちょっと君に似ていたかもしれない」

長山君は私を見つめる。

「そのせいだろうな。両親の死体が転がっている様が恐ろしすぎたんだと思う。妹は僕とは正反対の形でトラウマを負ってしまった。何て言ったらいいんだろう……僕が全てを平等に怖がらないとしたら、妹は全てを平等に怖がるようになってしまった」

全てを平等に怖がる。

「どういうことよ」

「君の性格が極端になったようなものだよ。虫一匹殺すのすら、可哀想に感じるようになってしまった。両親を殺されたシーンが頭に浮かんでしまうんだろうな。花屋を見てはその残酷さに泣きだす。サラダを出せば生物の命を奪っていることで吐き気を催す。辛そうだった。本当に辛そうだった。家では大抵僕が料理をするんだけど、魚なんかをさばいていると妹が泣きだすんだよ」

長山君がまくしたてた話を思い出す。ハンバーグも、ご飯も、消しゴムもクリスマスツリーも残酷だって言っていた。

あれはつまり、妹さんのことだったのか。

「この世界で生きていく限り、僕たちは何かを殺して加工しなければいけないんだ。だから妹のような考え方をしていては、生きていくことはできない。食事のたびに吐いて、道具を見るたびに怯えていては、生きていけるわけがない。妹もそれは分かっていただろう。だけど、どうしようもなかったんだ。自分の感情だから、どうにもできなかったんだ。妹は失敗した。あのとき……寝室で二人で死体を見たあのときに、心のスイッチの操作方法を間違えた。僕のようにスイッチを入れれば良かったのに、逆側に入れてしまったんだ。両親の死をどう受け止めるか、そういう頭脳戦に妹は負けた」

長山君は部屋の隅を眺めている。そこには小さな写真立てがあった。ずっと前に撮ったものなのだろう、今の印象からは信じられないくらい快活そうに笑う長山君と、大人しそうな妹さんがぬいぐるみを抱えてほほ笑む姿が写っていた。

「妹は生きているのが辛そうだった。それでも僕は工夫をしたんだ。死を想起することがないよう原材料が分からないくらいに細かくしたスープを作って飲ませたり。できるだけ恐ろしいものが見えないように部屋をカーテンで覆ったり。でもダメだった。あれは……三日前かな。ビルが死体を組み合わせて作られているように見えるって言い出したんだ。そんなもの見るなって僕は雨戸を閉めたけれど、妹は続けた。ダメだよ。このお部屋だって、死体でできてるんだからって」

植物由来の材料を使っていれば、部屋が死体でできていると言えなくもない。だけど、妹さんがそれを本気で感じるくらいになっていたなんて。

「それだけじゃない。地面を見るたびに、何億という死体が積み重なっているように見えるんだそうだ。死体を見過ぎて疲れたと言っていた。もう、自分が死体じゃない理由が分からなくなってしまったと」

「そ、それで……」

長山君はフウと息を吐いた。

「僕が学校に行っている間に妹は死んでしまった。ビルから飛び降りたんだ。即死。死に顔は崩れていたけれど、笑っているような気がした」

「……」

「死体を組み合わせて作ったビルに上って、妹は地面を見たはずだ。何億という死体が積み重なっている地面を。そしてそこに向かって飛び降りた。自分も死体の一つになるために。死体だらけの世界で、死体に向かって飛び降りた」

その壮絶なイメージに、私は息をのむ。

「妹は、ああなるのが幸せだったのかもしれないな……」

長山君は部屋の隅の写真立てを掴み、しばらく見つめてゴミ袋に入れた。

「ずいぶんしゃべってしまった。ごめん。もう帰ったら」

「あ、いや、私のほうこそ……ごめん」

凄い話を聞いてしまった。

長山君のことが分かった。凄くよく分かった。だけど、それでも何を言ったらいいのか分からない。私が何を言ったら長山君を元気づけられるのか全然分からない。いや……私にできることなんか何もないのかもしれない。長山君は心のスイッチを操作したと言っていた。そのときから、私と長山君とはまったく違う世界にいるんじゃないか。言葉はなんとか通じるけど、それだけ。お互い理解し合うことなんてできない世界。長山君との間に途方もない距離感を覚える。

私……。

長山君のことをもっと知りたくて。もっと長山君の力になりたかったのに。

私なんかが足を踏み入れてはいけない世界だったのかもしれない。私、私……。

「心のスイッチ……」

「ん？」

「心のスイッチって、どうやったら入れられるの」

「はあ？」

「あ、いや、その……長山君は……」

「心のスイッチってのは、喩えで言っただけだよ。でも、人間の感情ってのは自分の力で都合よく操作できるものなんだ。きっかけさえあれば、思いのほか簡単に。普段自分の感情が安定していると思っているのは、感情を変えようとするきっかけがないから。僕みたいに何か事件に遭遇して変えることもある。あとは……」

「あとは」

「ちょっとしたズレが、どんどん大きくなっていくとか」

「何それ」

「例えばさ。ご飯を食べるときに毎回、これはイネの卵だって思うようにしてみるんだ。山盛りの卵を食べていると。命を大量に奪っていると。別にサラダを見て残酷だって思うようにしてみたっていい。何でもいいからそう思い始めてみる。最初は意図的に考えるだけでかまわない。人間は暗示に弱い。それを繰り返していけば、ちょっとずつ心がその方向に変わっていくと思う。やがてその感情がどんどん大きくなり、次第に色々なものが恐ろしいものに見え始めて、僕の妹のような感覚にまで行きつくかもしれない」

「なるほど」

「だけど、注意したほうがいいよ。そう考え始めて心がそちら側に舵を切ってしまったら容易には止められない。違うレールに乗った列車はもう戻れないんだ。どんどん元のレールから離れていく。気づいたときには信じられないくらいに元の自分とは異なってしまう。そこで後悔しても遅いんだ。ひょっとしたらその先に破滅が待っているかもしれない。僕の妹のようにね。それが良いことなのか悪いことなのか、誰にも分からない」

「……」

長山君の話を聞いていると自分の感情も価値観も、グラグラと揺れる頼りないもののように感じてしまう。

心のスイッチ。並んで走る列車たちはスイッチを押してどこかへ舵を切る。長山君のようにまったく違う方向へ走っていく列車もあれば、妹さんのように崖から落ちてしまった列車もある。私は自分がどこに向かって走っているかすら知らなかった。何となくミナミや、周りのみんなと一緒の方向に走っていることだけは知っていたから、それに満足していただけ。スイッチでレールが切り替えられることも、それがどんなに危険なことなのかも知らなかった。

私は長山君という列車に、ついて行きたいのかもしれない……。

私がひっそりと考えた希望を、長山君は打ち砕く。

「スイッチは無理に押す必要はない。押す必要がないときに押すなんて、リスクが高すぎる。押さなければそれにこしたことはないんだと思う」

「長山君」

「あまり僕に関心を持たないほうがいいんじゃないかな。クラスのみんなに変な目で見られるよ」

私の心がズキンと痛む。

突き放された、そう感じた。

長山君は一人ぼっちだ。妹さんがいなくなって一人ぼっちになって、クラスでも一人ぼっち。私がついて行ってあげなくちゃいけないんじゃないか？　これは同情なの？　それとも長山君が好きだから？　分からない。私は、私は……。

「さあ、もう帰りなよ」

長山君が私の背中を押す。

「でも」

「これから直葬の手配とかで忙しいんだ。色々と手続きがある」

「……分かった」

「じゃあな。傘ありがとう」

「うん、いいの。またね」

私の「またね」に、長山君は何も返さずにドアを閉めた。

外はもう真っ暗。

気持ち悪いくらいに丸い月が私を見下ろしていた。


「へえー。私と一緒に帰るのを断っておいて、そんなことをしていたとはね」

「ごめんってば、ミナミ」

「ふーん」

「反省している証に、全部説明したでしょう」

「まあね。でもまあ、結局振られちゃったってことなんだよね」

ミナミは笑う。

「違うよ。そもそも告白しに行ったわけでもないし……いやそもそも、好きだってわけでもないんだから！　ただ気になったから行っただけなの。それで、何かこう距離というか、そういうのを感じただけなの」

「私は最初からあいつには距離感バリバリあったけどね。話したって分かり合えるわけないって感じだよ。いや、そもそも話したくもないわ。まったくユリは物好きなんだから」

「だから、違うって言うのに」

「しかしねえ。長山君にそんな過去があったとはねえ。ああいう性格になるのも納得だわ。世の中には色んな人がいるんだね。あ、すみません。イチゴミルク一つください」

「私も思わぬ話を聞いちゃってびっくりしたの。結局お父さんとお母さんを殺した犯人、まだ見つかってないらしいよ。それ以来長山君は妹さんと二人きりで、わずかな貯金となんか……奨学金？　みたいなので生活してきたんだって」

「すげえ。苦学生だ」

ジューススタンドの店員が冷蔵庫から取り出したイチゴをミキサーにかける。鋭い刃の音。何だか嫌な気分だ。

「あっ、ちょっと待って」

顔見知りの店員さんは私がいつもマンゴーのジュースを頼むのを知っていて、冷蔵庫から綺麗な黄色のマンゴーを取り出していた。私はそれを制止して、メニューを見る。

「あれ。ユリ、新しいのにチャレンジすんの？」

何だろう。マンゴーがミキサーの刃で削られるのを見たくない。何というか、痛い。痛々しい。長山君の話を聞いたからだろうか。

私はミキサーを使わなくてすみそうな飲み物を探す。

「じゃあ、ジンジャーエールで」

「え？　ジンジャーエール？」

「はい」

店員さんはマンゴーと入れ替えにジンジャーエールの瓶を取り出し、グラスに注ぎ始める。

「ユリ、ばっかだなあ。ここは生搾りが売りのお店なのに、何でジンジャーエールなんて頼むのよ。既製品が出てくるだけじゃない。そんなのコンビニでも買えるよ」

「ううん、これでいいの」

何だかよく分からないけれど、私は今日はそういう気分じゃないんだもの。仕方ない。

私は差し出されたジンジャーエールを手に取り、綺麗な炭酸の粒々を見つめる。爽やかなショウガの匂いがした。ジンジャーエールって確かショウガの搾り汁を使うんだよね。良い香りをつけるためだけに、人間はショウガを殺して搾って……。

「え？　ユリ、大丈夫？」

「大丈夫。ちょっとだけ、吐き気がしただけ」

「吐き気？」

「今日、少し体調悪いだけ。大丈夫」


……大丈夫。


スイッチ？

ＯＮ。

僕も今日から、色々なものを人間だと思って見れば
狂えるだろうか
最初は少しずつでも 段々その違和感がなくなっていけば
いつか世界の全てが
死体に見えるようになっていって

FILE.4

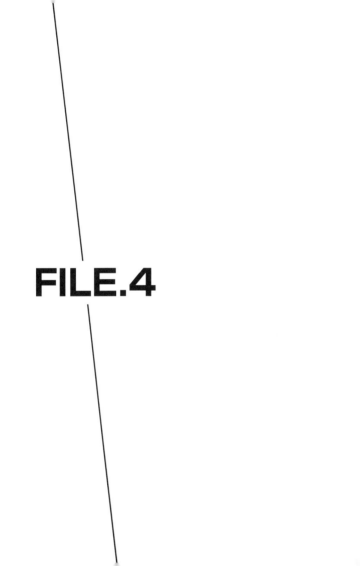

私はあたりを何度も見回す。つけられて、ない。さすがにあいつらもこんな所まで追いかけてはこないのかな。それでも慎重に。偶然バッタリとでも出会ってしまったら、大変なことになる。

よし。大丈夫。

私はダッシュで森の奥に駆け込んだ。

高校生にもなって秘密基地に行くなんて。こんなこと、実際に基地を作っていた小学校の頃には考えもしなかった。小学生の視点からすれば高校生ははるか大人の存在で、もはや想像を絶していた。自分もいつか高校生になるということすら、信じられないほどに。

あの頃は楽しかったな。

毎日学校が終わったら外で駆け回って遊んだ。サッコやヨースケとバカみたいにはしゃいで、時々買い食いをしたり、秘密基地でマンガを読んだりした。おうちに帰ればアニメを見て、怒られながら宿題をして、お風呂に入る。そして布団にもぐりこみ、明日は何して遊ぼうか考えているうちに眠りについた。これからいっぱい面白いことが待っている気がして、大きくなるのが、明日が来るのが楽しみだった。

あの頃が一番幸せだったような気がする。

何だか悲しくなってきた……。

私は溢れそうになる涙をぬぐった。


「何？　ミサト、また泣いてるの」

サッコはもう来ていた。

「違うよ。ちょっと砂が目に入っただけ」

「ふうん」

私たちの秘密基地は、小さな廃屋だった。もともと何に使われていたのかは知らないが、そのコンクリート製の建物は適度に広く、頑丈な屋根があり、そして外からは茂みに覆われていて見つけづらい。

「あー、ここに来ると落ちつく」

私は大きく深呼吸をする。

「この廃屋を知っているのは、私とミサトと、ヨースケだけ。あいつら、は誰も知らない。ね、ここで会うのは名案でしょ。さ、ミサト、これ」

サッコは鞄から新品のパンティを取り出した。

「ごめん、サッコ……」

「いいの。コンビニで売ってた安いやつだから。もともとはいてたやつは見つからなかったよ。あいつらのことだから、たぶん捨てちゃったんだろうね。本当にひどいことするよ」

私はサッコから袋を受け取りビニールを開封する。サッコの前で恥ずかしいやら、情けないやらで真っ赤になってしまう。そしてその白いパンティをはいた。今までスースーしていた下半身がやっと落ちつく。

「新しい下着だから、親には感づかれるかもね。どうして新しいの買ったのって聞かれると思う。洗濯のとき、先回りして干すとかしたほうがいいよ」

サッコが気を回してくれる。

「あ、それなら大丈夫。うちは好きに下着買っていいことになってるから、急に新しい下着が増えてもお母さんは気にしないから……」

「ならいいけどさ」

安心したように笑うサッコ。その手には青いアザがあった。

「サッコ、それどうしたの」

「ん？　ああ。あいつらがモノ投げてきたんだよ。二階から、下歩いてる私に向かって。とっさに頭は守ったんだけど、手に思いっきり当たっちゃった」

「そんな！　何を投げられたの？」

「けっこうえげつないモノだったよ。どれが手に当たったのか分からなかったけど、黒板消しと、中身入ったまんまのジュースの缶、それから文鎮《ぶんちん》。ありえないわ」

「ひどい」

文鎮なんて。当たり所が悪かったら大ケガじゃすまない。やりすぎだ。

「いつになったら飽きるのかね。本当にどうしようもない奴らだわ」

サッコは吐き捨てるように言った。

私とサッコは高校に入って以来イジメに遭っていた。

中学までは地元の友達がたくさんいたのだけど、東京の高校に入ってからは知り合いはサッコくらいになってしまった。もともとトロくて、太り気味だった私は格好の標的だったのだろう。すぐに女子グループから攻撃を受けた。

最初はちょっと悪口を言われるくらいだった。

「なんかー。ミサトちゃんの周り、空気臭くない？」

そんなことを言われ、からかわれた。

面と向かって悪口を言われたのなんて初めてで、私はオロオロするばかり。そんな姿が面白かったのか、今度は筆箱やノートを隠されたり、壊されるようになった。下校時に靴箱を開けると、いっぱいに詰められた砂が溢れ出てきた。教室の後ろに貼られたクラス名簿では、私の名前の所にだけガビョウがいくつも突き刺さっていた。

味方をしてくれたのはサッコだけだった。

もともと正義感が強くはっきりと物を言うたちのサッコは、すぐに私をかばってイジメグループと敵対した。イジメは卑怯だと言ってのけ、先生に報告し、私を慰めてくれた。だけどサッコにも一つ予想外なことがあった。

先生がイジメグループの味方をしてしまったのだ。

どうして先生が相手側についたのかは分からない。イジメグループの子たちが何かしたのか、それともイジメグループの中に先生のお気に入りの子がいたのか。ひょっとしたら、ズケズケと先生にも意見するサッコが少し気に入らなかったのかもしれない。

とにかく先生が動かなかったことで、イジメは先生公認のものとなってしまった。私の椅子が隠されてしまい、立ったままでいても先生は知らないフリをして朝礼をする。授業中に私が消しゴムのカスを投げつけられていても、注意されるのは私。止める者のいないイジメはどんどんエスカレートし始めた。

下着を無理やり脱がされて隠されてしまう。クラス全員に「ミサトは今パンツはいてません」とメールが流れる。着替え中の写真を取られ「三段腹」などと落書きされた上で掲示板に貼られる。何もできず、ただ耐える日が続いた。できるだけ何も考えないようにして、何も感じないようにして時間が過ぎるのを待つだけの学校生活。

そして、サッコがイジメの標的になるまでに時間はかからなかった。

もともと元気がよく、少し不良グループに煙たがられていたサッコ。私をかばったことで「イジメる理由」ができてしまったようだった。

朝登校してくれば机の上に花が置かれている。ひどいときには線香も。さらにサッコの文房具は盗まれ、隠され、壊された。私と違ってサッコは涙一つ見せず、嫌がらせを受けるとキッとイジメグループのほうを睨み、平然と授業を受け続ける。それを見て「生意気だ」とばかり、また新しい嫌がらせが行われるのだった。

私とサッコはもう学校で話すことすらできなかった。そんなことをしていれば、イジメグループに格好の燃料を投下するようなものだったから。私もサッコも、ただ一人で耐え続けていた。今日は私をイジメる日。今日はサッコをイジメる日。今日は二人をイジメる日。

イジメグループはその日の気分しだいでターゲットを変えていた。

私とサッコは、もう彼女たちの玩具だった。

「ごめんね。サッコ」

「何よ急に」

「私のせいで、サッコまでイジメられて……」

「何言ってんのよ。島田が悪いんじゃない。ミサトのせいじゃないよ」

サッコはすぐに答えた。イジメグループのボスは島田ヨウコといった。名字を聞くだけで、あの目の周りにほくろが多い顔を思い出して、気分が悪くなる。

それにしてもサッコは偉いな。

私だったら……友達の巻き添えになって自分がイジメられたら、少しくらいは友達のことを責めてしまいそうだ。そもそも、イジメられている友達をかばうことができるだろうか？　自信がない。友達がイジメられるのは嫌だけれど、自分がイジメられるのも嫌だからだ。そして私は傍観者になってしまう気がする。イジメを見て見ないフリをする、傍観者。一番たちの悪い存在。

自分が情けなくて涙が出そうになる。

「サッコ、ありがとう……」

「何言ってんの、友達じゃない。それに私は別にお礼を言ってもらうようなことしてないもん。当たり前のことをしているだけだもん」

当たり前のこと……。

素直にそう言いきれるサッコが本当にまぶしく見えた。

私はサッコの手にシップを貼ってあげながら一人落ち込む。私はそんなに純粋な気持ちなんか持っていなかった。私だけがイジメられていたとき、みんなのことが大嫌いだったもの。どうして助けてくれないの。どうして私だけがイジメられるの。他の人がイジメられちゃえばいいのに。そう思ってた。心配そうに私に声をかけてくれるサッコに対しては、あなたはイジメられていないからいいよねって思ってた。醜い心。

それだけじゃない。

イジメの対象にサッコも含まれ始めたとき、私はひどいことを考えたの。

これでイジメの頻度が半分になった。助かったって……。

サッコがイジメられるようになったことに対する怒りも、サッコを守ろうとする友情もなかった。ただ自分が少し楽になったのを喜んでいた。

私、嫌な性格。嫌な女。

サッコに誘われてこの秘密基地でこっそり会うようになってから、私は自己嫌悪に陥るばかりだった。

シップの上から軽く紙テープを貼って固定する。簡単だけど応急処置はできた。

「はい、出来上がり。サッコ、他にケガはない？」

「あとはね、ちょっと足を擦りむいた」

サッコがスカートをまくると、太もものあたりに擦り傷ができていた。まだ少し血がにじみ出ている。

「大変。どうしたの？　これ。すぐ手当てするね」

私は救急箱から消毒液と脱脂綿を取り出す。するとサッコは言った。

「うん。ちょっと突き飛ばされてね。別に痛くないわ、こんなの。あ……ミサト。そのワタで血を拭きとるんでしょ？　拭き終わったらそのワタ、捨てないでちょっととっておいて」

「え？　どうして……？」

サッコの目は鋭く光っていた。

「使うのよ。呪いに」

「呪い？」

コクリとうなずくサッコ。

「復讐してやるの。あいつらに」

その語気は荒かった。

「復讐……？」

サッコはやられたらやり返すタイプの子だったから、イジメの仕返しをすること自体は理解できた。

　しかし、呪いなんて。

　呪いとか占いに凝っている子はクラスにもいたけれど、大抵が大人しい感じの子だった。サッコのような快活な人から「呪い」なんて単語を聞くと違和感がある。

「そうよ。このままじゃ私たち、ひどい目に遭わされ続けるわ。仕返ししてやるの」

「それが、呪い？」

「うん。だってもう普通の方法じゃ無理じゃん。あのボケ教師が敵になっている以上、大人に介入させたら私たちがバカ見るだけだよ。かといって暴力振るったら警察に捕まるのは私たち。まともなやり方じゃどうしようもないんだよ」

「そ……そうか。考えてみればそうだね……」

　仕返しをする、という発想すら私の中にはなかったことに、サッコの発言で気がつく。私はもう抵抗する気力を失っていたのだ。

「でも呪いなんて、なんだか怖いな」

「ミサトってそういうところあるよね。大丈夫。呪いをかけるのは私たち。かけられるのは島田たち。ミサトに呪いが降りかかることはないから」

「そう……なの……？」

「そうなの。やり方さえ間違えなければ大丈夫。ね、ミサトも協力して」

「うん……」

「あいつら、殺しちゃおうよ」

サッコはにっこりと笑ってみせる。ストレートの黒髪がサラリと揺れた。


「ただいま」

家に入ってそう言うと、奥からお母さんが答えた。

「おかえりー。今日は遅かったのね」

籠に詰めた洗濯物を抱えている。

私は笑いながら答えた。

「うん、ちょっと友達とお茶してきたから」

「あらー、いいわねえ。何？　男の子？」

「違うよ。女の子の友達」

「うっふふふー。楽しいわねえ。青春っていいわあ。私もあんたくらいの頃には色々遊んだものよ。ミサト、お小遣いは足りてるの？　大丈夫？」

「大丈夫だってば。もう。勉強するから」

私はお母さんとの会話を早々に切り上げて、階段に足をかける。お母さんはいつも私に甘い。そして優しい。私が学校でたくさんの友達と楽しく過ごしていると信じている。これ以上話していたら悲しい気持ちになってしまう。

「はいはい頑張ってね。夕飯は七時半よー」

声を背中で聞きながら私は階段を上り、部屋に入って扉を閉める。見慣れた私の部屋。暗くて落ちつく静かな部屋。

やっと一人になれた。

……外から帰って来たのに、手を洗っていない。

いいや。洗面所に行くのが嫌だ。あそこ鏡があるんだもん。容姿をからかわれるようになってから、私は鏡を見るのが大嫌いになっていた。なるべく見たくない。朝などうしても見なくてはいけないときは、仕事だと割り切って見るようにしていた。工業製品をチェックするかのように、寝癖や顔についたゴミなんかを手早く確認し、急いでその場から離れる。それが自分の顔だとは思わないように意識して。

サッコはいいよね。

サッコは美人だもの。

だけど……さっきの顔、怖かったな。

私はサッコの表情を思い出す。呪いをかける。呪いって……何？　そんなもの、実在するの？

「実在するよ」

私の質問に、サッコは答えた。

「昨日説明したもの、持ってきてくれた？」

「一応持ってきたよ」

私は鞄の中から約束のものを取り出す。自分の血のついた脱脂綿。それから金槌、ぬいぐるみ。

「ＯＫ。あ、ぬいぐるみは長いこと愛用したものを持ってきてくれたよね？」

「うん。幼稚園の頃にもらったやつだからかなり古い」

「よしよし。私も準備してきたから、これでいよいよ実行に移せるね」

「う、うん……」

「あはは。ごめんごめん。ミサトにちゃんと説明してなかったよね。大丈夫。私こういうの詳しいから。ねえミサト、あいつら……許せないよね？」

許せないよね。その言葉を私はしっかりと噛みしめる。

そう。許せない。私はうなずく。

「うんうん。いなくなっちゃえばいいって思うよね」

「思う」

島田たちさえいなくなれば、私は元のように学校生活ができる。こんなに悩まなくてもすむし、お母さんの前で強がりを言わなくてもすむ。

「あいつら、死んじゃってもいいよね？」

死んじゃっても……いいのかな……。少し私は戸惑う。何だか怖い。

「ミサト？　仕返ししたいんでしょ。私たち、相手を殺してもいいくらいのことをされてるんだよ。イジメられた末に自殺しちゃう人だっているの、知ってるでしょう？　あいつらは私たちを殺すつもりでいるの。死んだってかまわない、そう思ってるんだよ。だから私たちだって、殺すつもりでいなきゃ」

「そう……だね」

「いいね？」

私はうなずいた。

島田たち。死んじゃえ。

「ＯＫ。実はね、呪いではその気持ちがすっごく大切なの。相手なんかどうなってしまってもいい。死んでしまってもかまわない。何が起ころうと後悔なんてありえない。相手は絶対的な悪、こっちは絶対的な善。全身全霊をかけて相手を否定しつくして、憎悪と憤怒をこめて呪うの。そうすることで相手に呪いがかかる。逆にそれができない程度の恨みだったら呪いなんかしないで仲直りしたほうがいいってわけ。あとね、呪ってから後悔するのもダメ。変に後悔なんかしちゃうと、それまでに送った呪いのエネルギーがこっちに戻ってきてしまう可能性があるのね。そうするとそっくりそのまま自分に呪いが降りかかってきてしまう。覚悟と信念が必要なのよ」

サッコは私に説明しながら、鞄から何かを取り出した。イジメグループの女の子たちの写真。それから、髪の毛や消しゴムといったガラクタのたぐい。これで呪いの儀式をするのだろうか。不思議そうに見ている私に気がついてか、サッコは言う。

「これはね、島田の髪の毛。この消しゴムは高橋の。このシャーペンは内村のだし、まあそれぞれイジメグループの奴らの所持品や、体の一部だよ。これをイジメグループの奴らだということにして、呪いをかけるの」

サッコはイジメグループの髪の毛や文房具類を、持ってきた小さな人形に一つずつ入れていく。そして島田の髪の毛を入れた人形には『島田』、高橋の消しゴムを入れた人形には『高橋』などとマジックで書いた。

秘密基地には、五つの人形が並んだ。

「人形、それぞれちょっとずつ違うんだね」

「ミサト、気づいた？　そう。背の高い島田は大きい人形にした。メガネかけてる高橋はそれっぽい目にしてある。全部ちょっとずつ似せてあるんだよ。感情移入できたほうがいいからね。簡単に布と綿で作った人形に見えるかもしれないけれど、中には特殊な字で呪文が書かれていたり、まあ色々工夫してあるんだよ」

「私が持ってきたぬいぐるみは、使わないの？」

「ああ、それはまだいい。後で使うから置いといて。……さてと」

サッコは部屋の隅にあるバケツに近づき、上に置かれているアルミ製の蓋を取り去った。

「キャッ」

とたんに異臭が立ち込める。

「学校の飼育小屋からこっそり持ってきたんだ」

サッコはそう言いながら、バケツの中身を五体の人形に向けて勢いよくぶちまけた。ビチャビチャと音を立てて部屋の壁に黒い粘性の物体が飛び散る。凄まじい臭いが巻き上がり、私は思わずせき込む。

「動物の糞……？」

「そう。糞尿と、あといくつか呪いに使う薬品が入ってるけどどね。とにかく苦しめてやるんだ、この人形たちを。見てごらんよ、口と鼻の部分に全部糞がくっついた。これであいつらは息ができない。必死で空気を吸おうとしても入ってくるのは糞まみれの匂いだけ。まさに生き地獄だよ」

「うう……」

淡々と語るサッコの顔が、恐ろしい。

「最後にとどめ。恨みを込めながらこの五寸釘で人形の胸を突くんだ。ミサト、やる？」

　私は涙ぐみそうになりながら、必死で顔を振る。

「そうね、ミサトはこういうの苦手だもんね。いいわ、私がやる」

　サッコは何やら模様の入った白い手袋をはめると、五寸釘と金槌を持って立ち上がった。呪いで五寸釘を使うというのはどこかで聞いたことがある。実際に見ると恐ろしいほど太く長い釘だ。あんなものを何かに刺すということだけでも体が震える。それもサッコが用意した五寸釘は何かが塗られているのかくすんだ赤茶色をしていて、ひどく禍々《まがまが》しく見えた。

「島田、死ね！」

　サッコの絶叫に近い怒号が響き、続いて釘を力いっぱい金槌で叩く音が走る。私は思わず目を閉じてしまった。怖い。

「高橋、死ね！」

　ガツン。金属と金属がぶつかり合い、人形に釘が突き刺さり、壁に打ち付けられる音。この町中に聞こえるのではないかと思うほど大きな音。

「内村、死ね！」

　ガツン。まだ終わらない。何回も何回も。私は目を閉じ、耳を塞《ふさ》ぎ、ただ恐ろしい時間が過ぎるのを待った。

「糸川、死ね！」

「井上、死ね！」

ガツン。ガツン。ガツン……。

「終わったよ」

サッコが私の肩に手を乗せて言った。それに気づいて私はやっと目を開き、耳に押し当てていた手を外した。サッコが優しく微笑んでいる。先ほどまでの鬼の形相が嘘のようだ。

私は振り返って部屋の壁を見る。そこには不気味な光景が広がっていた。

太い五寸釘で乱暴に胸を貫かれ、壁に打ち付けられた五体の人形。それぞれの人形には、イジメグループ一人一人の名前が書かれている。それぞれの人形の姿はイジメグループのメンバーにそっくりで、まるで本人が釘付けにされているかのように見えた。人形を中心に動物の糞がぶちまけられている。それはどす黒く、人形たちが血を噴き出しているかのよう。それだけではない。何やら赤黒い絵の具のようなものでその周辺に模様が描かれていた。見たことのない模様。どこか文字のようにも思える。どう見ても縁起の良いものには思えず、暗い室内で邪悪に浮かび上がっていた。

吐き気がする。

「ううっ……」

私は口に手を当ててえずいた。

「大丈夫？　あまり見ないほうがいいかも」

サッコが私の背中を擦ってくれる。

何度か喉の奥が苦しそうに鳴ったが何も吐くものは出てこず、私は何とか堪えた。

「気持ち悪いでしょ」

何を思ってか、サッコがそう聞く。私は精一杯うなずいてみせる。

「うん。執念感じるでしょ」

感じる。感じるよ。

私はもう一度うなずく。

「それが効くのよ」

サッコは笑った。

「私に呪いを教えてくれた人の影響なのかもしれないけど……私、実はそんなに超常的な力って信じていないのね」

私たちは秘密基地から引き揚げて、サッコの家でくつろいでいた。

「え？　そうなの。でも、呪いなんて超常現象でしかないと思うけど……」

「ちょうどいいからミサトにも説明してあげるわ。まずね、私のやっている呪術はこういう名前の流派なの」

　サッコは何文字かのカタカナをメモ帳に書いて私に見せる。

「オン……」

「ダメ！　発音しないで」

　サッコは手で私の口をふさぐ。

「私の師匠から堅く約束させられたことなんだけど、うちの流派は、その名前を言っちゃいけないの。どういう理由があるのかは知らない。人を傷つける目的ですることだから、報復なんかを恐れてそういうルールを作ったのかもしれないけどね」

「そういうものなんだ」

「うん。だからあの文字列は忘れちゃって。流派ってものがあるって言いたかっただけだから。とりあえずうちの流派の考え方を説明するね。人間の魂は全部つながっていると考えるの。ミサトの魂も、私の魂も、島田の魂も……根っこの深い部分では通じ合っているもの。人間の魂は巨大な魂のネットワークを形成している。大きな大きな木のような意思集合体があって、その末端が私だったり島田だったりするわけ。だから、私が強い恨みを抱けば、それが魂の根っこを通って島田の魂に影響を与えることができる。悪い影響を受けた島田の魂は傷つき、それは体にも現れる。ケガや、病気となってね。これが基本理論。確実に目的を遂行するために、恨みの力を増幅させるのが呪いの儀式というわけ」

「へえ。なんだかそう聞いていると、科学的なような気もしてくるね」

サッコは笑う。

「科学的なもんですか。おっとそんなこと言っちゃいけないか。まあ、そういう考え方の下に発展してきた学問、技術なのよ。でもこれは建前。私と師匠はあまりそうは考えていないの」

「どういうこと」

「人間の心の力って凄まじく強いっていうことなの。人間なんかに制御できないくらいにね。その力を操る、あくまで科学的な技術、それが呪いだと思ってるのよ」

私は眉をひそめる。

よく分からない。

「ごめん。ちょっと簡単に言い過ぎたね。えーと、例えばだけどさ、ミサトって舌の位置が気になったことはない？」

「舌の位置？」

「口の中に舌があるでしょ。普段は意識していないけれどさ、舌がどのあたりにあるのか確認してみて。……思ったよりもずっと大きいような気がしてこない？　口の中をほとんど全て、舌が埋め尽くしているように思えない？」

私は口の中で舌を感じる。確かに大きい。舌は柔らかくて下あごに張り付いているからあまり考えたことがなかったけれど、口を閉じているときはほとんど口内は舌に占有されているように思える。私は少し気持ち悪くなり、思わず口を開く。

サッコが笑った。

「ミサト、期待を裏切らないなあ。そうそう、ちょっと気持ち悪くなるよね。息がしづらいような気分になるんだよね。実際には鼻で息をすることが多いから舌が口を埋め尽くしていても関係ないんだけど。他にはさ、視界をよく見回してみて。右目の右下、左目の左下に……鼻が見えない？　鼻が視界を邪魔していない？」

私はサッコの言葉どおり視界をよく観察してみる。本当だ。確かに自分の鼻が見える。そんなに鼻が高いほうではないけれど、けっこう出っ張っているものだな。近すぎて焦点が合わないのでぼやけた肌色の塊にしか見えないが、ちょっと皮脂で光っているところとかが分かって何だか嫌だ。私は視線をサッコに戻す。

一度鼻に気づいてしまうと、やけに気になってしまう。こうして前を見ているときも、常に下に鼻があるのがよく分かる。なんとも邪魔くさい。視界がすっきりしない気分だ。今まで見ているときに気にしていなかったのが不思議なくらい、うっとうしい。

目をキョロキョロさせている私を見てサッコがまた笑う。

「そうそう。いい感じ。ミサト相変わらずいい反応だよ。舌も鼻もね、言われてみると少し気になるでしょう。でも大抵の人は最初から気にしないか、一瞬不思議に思ったとしても『そういうものか』と思って忘れてしまう。それならそれでもいい。だけどね、もし『凄く気になってしまったら』どうなる？　凄く凄く気になって、朝も昼も夜もずっとそればかり気にしてしまったら……」

「やめて。そんなこと言われたら、逆に気にしちゃうよ」

「うふふ。ごめんね。でも……ごく稀《まれ》にだけど、気にし続けてしまう人がいるんだよ」

サッコの目は笑っていない。なんだかゾッとする。

「舌を切り取ってしまう人。鼻を切り取ってしまう人。どちらも、実際に例があるわ」

「えっ……」

「繰り返すけれど、特殊な事例よ。ひょっとしたら過剰に精神が鋭敏になる病気とか持っていたのかもしれない。でも、ありうることなの。舌のことを気にしているうちに本当に息苦しくなってしまった人が、鼻のことを気にしているうちに本当に視界が狭くなってしまった人がいたのよ」

「そんな」

「人間の心の力はそれくらい強いの。誰だって自分の体を傷つけたくはないわ。それは体に染みついている本能。だけど、心はその本能を軽く凌駕《りょうが》し、必要だと判断すれば自分の体を破壊してしまう。体の一部を切り取るくらいですめばいいけど、下手をしたら命を自分で絶ってしまうことだってある。……舌を切り取ってしまった人は、死亡しているわ」

「怖いよ……サッコ」

「別にミサトが怖がる必要はないのよ。普通に生きていればそんな危険に巻き込まれることはないわ。そう……普通に生きているだけなら」

　サッコの目がキラリと光る。

「私の使う呪いはつまり、そういうことなの。『舌を異常に気にさせる』『鼻を異常に気にさせる』その発展形。気にさせる。普通にバランス良く安定している心にくさびを打ち込んで、決壊させる。自らの体を自ら破壊させる。強力な自己暗示をかけてやるわけ。あの私たちの秘密基地、誰も知らない場所ってわけじゃないでしょ。むしろ不良グループがたまに授業サボってタバコ吸ってたりする。そこにあんなおぞましい執念を感じさせる呪いの儀式がある。きっと噂が広まるでしょう。島田たちが呪いの存在に気づくのは時間の問題。どう思う？　噂を聞きつけてあそこに入った島田たちは、何を思うかな？　自分の名前が書かれた人形に五寸釘が何本も突き刺されて、動物の糞尿に塗れて猫の血で書かれた呪詛《じゅそ》に囲まれていたら……」

　ね、ね、猫の血？　私はあの人形に自分の名前が書かれている光景を想像する。

「怖い……すごく怖い」

「でしょう。普通の人はそれだけで具合悪くなっちゃうかもしれないね」

「でも……いいの？　島田たちにあの呪いの光景、見られて。呪いって相手にバレちゃいけないものだって聞いたことがある」

「絶対に呪いの儀式を見られてはいけないという流派もあるらしいけど、私たちのはちょっと違う。『絶対に呪いをかけている人間が誰かバレてはいけない』がルールなの。つまり、私たちがしているってことが分からなければいいの。証拠を残さないこと。尻尾を掴まれなければ、呪物は見られてもいい。いや、見られたほうがいい」

「そ、そうなの？」

「犯人がしっかり分かっちゃうと、怖さが減っちゃうからそういうルールがあるんだと思うな。ミサトだって、自分が呪われてるってなったら怖いと思うけど、犯人が分かっているのと分かっていないのとでは、全然恐怖の度合いが違うでしょ」

　私は想像してみる。

確かに犯人が分かっていれば、その人に理由を聞くこともできるし、謝ることだってできる。だけど分からなければ……。

「正体の分からない何者かに、恨まれている。それも尋常じゃない執念を持って。不気味に思うはずだよ。島田たちのグループは私たち以外にもカツアゲをしたり、パシリさせたり日常茶飯事だから相当恨みを買っている。あいつら中学の頃からイジメしてたらしいしね。すぐに犯人の特定はできないはず。自分たちがイジメた奴の中に呪いをかけている奴がいる。そう考えたが最後……呪いに、かかる」

「その瞬間にかかるの？」

「正確に言うとね、『呪いが私に向けられている』っていうことを意識した瞬間に呪いがかかるのよ。何か悪いことをした心当たりがあって、きっとその仕返しだと感じた瞬間とかね。逆に言えば島田がすっごい鈍感で『この島田って名前の人形、五寸釘刺されてる。同姓の人で凄く恨まれている人がいるんだなあ』なんて考えちゃったら呪いはかからない。もしくは神経が図太くて、『いくらでも呪ってかまわないよ』みたいに笑い飛ばせるタイプにもかからない。でもね、そんな人めったにいないの。大抵の人は自分の名字の人形に五寸釘が刺さっていたらびっくりする。そして不気味に思う。それから『あれは何かの間違いだ』『呪いなんて効き目があるわけがない』なんて自分を誤魔化そうとするの」

「そうなんだ……」

知らなかった。

「だからまだ物事を良く理解できない赤ちゃんとか、認知症の老人には呪いがかからない。同じ理由で人間以外の動物に呪いをかけることも相当難しい。外国人にかけることはできなくはない。不気味なものって万国共通なところがあるからね。言葉が分からなくても何となく通じるんだ。でも文化的背景が大きく違うとやっぱりかかりにくいね」

サッコは「ま、師匠の受け売りなんだけどね」と舌を出す。

私は何を言ったらいいのか分からず、ただうなずく。

「自分に呪いが向けられている、そしてそれははっきりと悪意……殺意を抱いて行われていると認識してしまったらもう最後。その瞬間から心のバランスは崩れ始める。例えばちょっと何か怪我をしたとしようか。何ということもない怪我でも、呪いのせいじゃないかって考えが一瞬心をよぎる。ちょっとしたおできができただけでも、呪いのせいで謎の斑点ができたんじゃないかって思えてしまう。嘘だ、呪いなんてないって自分に言い聞かせる。ダメなのよ。呪いを警戒するたびに、もしくは呪いのことを忘れようと意識するたびに、逆に呪いを引き寄せる。呪いをかけられているに違いない、そういう自己暗示を自らかけてしまうようなものなの」

「何となくそれ分かるかも」

「暗示の力っていうものは怖いよ。『死んでしまえ』って毎日誰かに言われ続けたら、段々死にたいくらい辛い気分になってくるでしょう？　体調を崩してしまうかもしれない。呪いはそれと同じ。自分に呪いがかかっている、そう考えることは……誰かに『死んでしまえ』って言われている、と信じることなのよ。自分で自分に『死んでしまえ』と毎日言い続けるのと同じなの」

そういうことになるのか。

「私たち、あいつらにしょっちゅう『死ね』って言われてるじゃない。だからこういう仕返しが一番いいんだよ。あいつらには自分自身に『死ね』って言い続けてもらわなきゃ。やがて本当に体調は悪化していくだろうね。免疫力が下がって普段かからないような病気にかかるかもしれない。注意力が散漫になって、事故に遭うかもしれない。眠れなくなればしめたもの、さらに悪化の速度は上がる。幻覚や幻聴が現れ始めるかもしれない。そういうマイナスの状態が起これば起こるほど、『やっぱり呪いだ』『呪いで殺される』という思い込みは解除しようがなくなる。その自己暗示はどんどん強まっていき、やがて頂点に達したとき……」

サッコは邪悪な顔で笑った。

「死ぬわ」

食堂で冷蔵庫が唸る音がやけに大きく聞こえた。

「自己暗示……なの？　呪いって……」

「そう私と私の師匠は考えてる。負の自己暗示をいかに効率的にかけるか、そういう外法《げほう》の技術の集大成。明確な理論化をあえてしないのも、そのほうが怖くて自己暗示が強烈なものになりやすいから。タネが分からないことって誰でも怖いでしょ」

「……」

「まあ、本当のところはどうかは分からないよ。自己暗示と言い切るには儀式の内容は細かく決まりすぎているし。ルールのたぐいも凄く多い。これも細かい作業を正確にさせることで執念を表現しやすくするためと言ってしまえばそれまでなんだけど。呪いには色んなやり方があるし、私の流派でもこんな言い方をしているのは私と私の師匠だけだろうし。ひょっとしたら本当に何か霊的な力が働いているのかもしれない……」

サッコは少し遠い目をして窓から外を見る。

「いずれにせよ、こういう方法で人を合法的に苦しめることが可能なのは間違いないのよ。人間の魂には、到底人間の力では制御しきれない猛烈な力があるってこともね」

「……」

「ふふふ。ミサトがそんな顔することないよ。呪いの作法については私がちゃんと知ってるんだし、その科学的な背景だって今言ったようにだいたい分かってるんだから。ちゃんと理解して対策を立てている限り、私たちに何か危険が降りかかることはないの」

サッコは私の頭を撫でる。

同い年なのに、いっつもサッコは私のお姉さんのようだ。

「うん。ありがとう……」

私はそう答えることしかできなかった。

翌日。

私は朝の教室で一人で頬杖をつき、考えていた。

どうしてこんなことになったんだろう？

イジメは確かに嫌だったけれど、呪いとかそんなことをしたいわけじゃない。私はただイジメられなければいいだけだ。理想を言えば島田とも仲良くクラスメイトとしてやっていきたい……。

私は甘いんだろうか。

それにしてもサッコがあんなに呪いに詳しいなんて意外だったな。今までそんな素振りを見せたことなかったから、びっくりした。師匠までいるなんて。聞いたら師匠は普通の会社で総務をしているOLさんらしい。「呪いだけじゃ食っていけないらしいよ。どこの世界も厳しいよね」ってさらりと言っていたけれど、そんなに身近に呪いの文化があったなんて、想像もしていなかった。

自己暗示、か。

あれはサッコの思いやりなのかもしれない。私が怖がりなのを知っているから、あぁいう言い方で説明してくれたんだろう。霊はプラズマだとか、何でも科学的っぽく説明してもらえると何となく安心する、私の性格を知っているサッコならではの優しさだ。

でも私は怖い。

自己暗示であっても超常現象であっても、私はそういうものにはめっぽう弱いのだ。心が弱いほうに行きやすい。きっと呪いをかけられたら簡単にやられてしまうだろう。そういう意味ではサッコが味方でよかった。本当によかった。

はあ。

「何ため息ついてんだよ、デブ」

島田だ。私に向かって言っている。

「お前の顔見てため息つきたくなんのはこっちだよ。早く死ね、ブタ」

「島ちゃん、今日は朝から飛ばすねえ」

「あいつがあんまりウザイからさ」

島田と高橋が何か言っている。嫌だなあ。怖い。私は自分の心が切りつけられるような痛みを感じながらも、必死に耐える。もう少し我慢していれば朝のホームルームだ。

「おい聞いてんの？　白豚ちゃん。マジ息吐くのやめてくんない？　君が息するたびに教室が臭くなるんですけど。ホント迷惑なんですけど。おい！」

横からガタンと音がして、私は思わずすくむ。殴られるのかな。

目を閉じて身構えていたけれど……殴られなかった。

「どした島ちゃん」

「うるさいな」

「え？　靴？」

「紐が切れた……」

「そんなとこどうやったら切れんのよ」

「ひでえ、タテに真っ二つじゃん」

「知らないよ、んなの」

「それ高い靴だったんでしょ？　あーあー、何か不吉だねえ」

島田とイジメグループの人たちが何やら言い合っているのが聞こえてくる。島田は今日、派手なスニーカーを履いていた。その紐が切れた？　それもタテに真っ二つに……？

呪いのせいだろうか。

私は心臓がドキドキして、振り返ることができなかった。

「ったく、あのブタのせいで朝からマジ気分悪いわ」

「放課後、しめとく？」

「いや。今日は靴紐買いにいく。これ用の紐、駅前じゃねーと売ってないんだ」

とりあえず攻撃が終わってくれたようで私は安心する。

これが呪いのおかげだったら、少し嬉しいかも。

ホッと息をついたところでガラリと戸が開き、先生が教室に入ってきた。


私とサッコはその日も二人で集まった。

しかし秘密基地にはもう行かず、今日は私の家に集合。お母さんが出かけているので相談をするにはちょうどいい。

「ミサト、大丈夫？　今日は何かされなかった？」

サッコが心配そうに聞く。

「うん。ちょっと悪口くらいは言われたけど、いつもよりは全然マシだった」

「そか。そりゃよかった」

「島田が靴紐切ったからだと思う。紐買いに行くって、授業終わったらみんなで行っちゃったよ」

「あいつら暇だからイジメするんだよね。紐買う用事ができたくらいでみんなで出かけちゃうなんて、なんかガキっぽい」

「ねえ……紐が切れたのって、まさか……」

「ん？　うふふ」

サッコが笑う。

「朝、しかけといたのよ」

……え？

「どういうこと？　呪いじゃないの？」

私が聞くと、サッコは人差し指を立てて口に当てる。内緒話のサイン。

「昨日説明したから分かるかな？　島田の奴に呪いをかけるために、『呪いのせい』って思わせるようなきっかけをたくさん作り出したくてね。こっそりハサミで紐に切り込みを入れておいたの」

「えっ」

「まだ島田は呪いのせいだとは思ってない。けどね、いつかそう気づかせる。そのときにこういう積み重ねが効いてくるんだよね。他にも色々と手は打つつもり。あ、でもミサトは心配しないでいいから。私がやるから大丈夫」

「サッコ……」

「次に何をしようかなあ。匿名で『呪』とだけ書いたメールを送りつけてみようかな。いや、まだ早いか。いきなり露骨なことしてもダメなんだよね。ジワジワと真綿で首を絞めるような感じでやっておいて、気づいたときにはもうどうしようもないっていう状況にするのがコツなんだって。島田の家の出入り口にロウでも塗っておこうかな。うっかり滑って誰かが怪我をしたら儲《もう》けもの」

「……」

私の心が震える。

こんなことしていいんだろうか。

これはもう弱者が強者に仕返しするための「呪い」を超えているんじゃないか。完全に悪意を持った嫌がらせ。言いかえれば、島田に対する「イジメ」だ。いや、もともと呪いとはそういうものなのかもしれないが。

私たちは確かにイジメられてひどい目に遭った。だけど、その仕返しに相手をイジメ返してもいいんだろうか。もしそれを認めてしまったら……結局この世の中は相手が自分より強いか弱いか、どちらがイジメてどちらがイジメられるか、その二つの存在しかないことになってしまう。

私たちが「イジメられっ子」でなくなるためには、「イジメっ子」になるしかないんだろうか？

「ミサト、あんたって本当に顔に出るね。不安に思ってるんでしょ？　大丈夫だって。この私に任せときなさい」

「でも……」

「それにここからが重要なのよ。絶対に呪いをかけたのが私たちだってバレちゃいけない。問い詰められても知らないフリしてね。私たちが知らないフリをすればするほど、島田には不気味な感覚が積もっていくの。呪いを強くしている、そう思って頑張らなきゃ。逆に呪いをかけたことを口に出してしまったら、敗北を認めたも同然。呪いの効力は失われてしまうわ。絶対にダメだよ」

「でも、もし島田たちがひどい目に遭ってしまったら」

「ひどい目に遭えばいいんだよ、あいつらなんて。それとも何？　仕返しが怖いって意味？　大丈夫。呪いは呪いを知る者にしか返せないから。まあ確かに、ある程度呪いをかけていけばあいつらも少しは対策するかもね。もしかしたら呪術師に呪い返しを頼むかもしれない」

「の、呪い返し？」

「受けている呪いを術者に返す術よ。これをやられるとかなりまずい。呪いの効果はなくなっちゃうし、下手をすればこちらが殺される。でも大丈夫。私には師匠がいるから。呪いのかけ合いになったら、結局のところ呪術師の知識と腕の勝負になる。島田たち素人の呪い返しなんてちっとも怖くないし、誰かを頼ったとしても師匠以上の格のある呪術師をすぐに見つけ出すのは無理よ。呪いはね、攻める側と守る側とで言えば、攻める側が圧倒的に有利なの。ただし、攻める側の情報がバレてしまったら一気に守る側が有利になる。呪いをかけている人物、その方法、流派……このあたりを守る側に気づかれると返される。だから私たち攻める側は、情報を隠す。守る側は、相手の情報をあばき、その情報をきちんと理解して反撃方法を知る人物を探す。こういう戦いになるわけ」

「戦い……」

サッコはにっこり笑うと、私の手を撫でた。

「ま、だからちゃんと呪いの知識を持っていれば大丈夫ってことよ。でも万が一返されたら面倒だからね、一応呪い返しに対する身代わりを作っておこうかと思ってる」

サッコはそう言うと、昨日私が渡したぬいぐるみを鞄から取り出した。

「ちょっと熟成の時間が足りないかもしれないけど、これ。ミサトの身代わり人形。

血液が付いた脱脂綿を中に埋め込んであるから洗わないでね。師匠に教わったやり方でこの人形を『ミサト』にしてあるんだよ。場所とか時間を守って『お前は田中ミサトだ』って呼びかけ続けたりして作るの。これ、部屋の北側の窓から一番近い所に置いておいて」

差し出されたそのぬいぐるみを私は受け取る。これが「ミサト」にしてあるって……どういうこと。あまりにもサッコがサラッと言うものだから、質問する余裕もない。

ぬいぐるみは何だか生温かいような、奇妙な手触りがした。モフモフとした表面も、まるで動物の皮に生えた細かい毛のように感じられる。私が身代わりだと思って触るからなのか、それともサッコの鞄の中で温められていたからなのか。

「呪い返しされても、そのぬいぐるみが代わりに受けてくれるってわけよ。私の分もちゃんと身代わりは作ってあるから心配しないでね。ちなみにそのぬいぐるみに何か異状が起きたら、呪い返しされてる可能性があるから下手にいじっちゃダメだよ。そのときは慌てずに私に教えて」

「うん……」

サッコは私に目配せをした。

これで心配いらないよ、ということなんだろう。

私は何も言えなかった。

サッコが帰った後、ぬいぐるみは言われたとおり北側の窓の横に置いた。サッコ流の理屈で言うなら、こういうものがあることで大丈夫、と「プラスの自己暗示」を自分にかけるのが身代わりのぬいぐるみなのだろう。効果があれば自己暗示だろうと不思議な力だろうとかまわない、というところか。

ビーズで作られたぬいぐるみの目が、月の光でギラギラと輝いていた。

それから数日が経過した。

もし島田に何かひどいことが起こったらどうしよう。サッコの言うように自らの身を傷つけ、死んでしまうようなことがあったらどうしよう？　そうでなくても「呪い返し」で私たちに呪いが返ってきたらどうしよう。

私は不安な気持ちで毎日を過ごしていた。

学校で元気にしている島田を見て、ホッとしてしまったりする。すぐに悪口を言われて悲しい気持ちになるのだが。こんなに気疲れしてしまうのであれば、呪いなんてやらなければよかったかもしれない。

靴紐が切れたときは驚いたが、それ以来島田たちに何か特別な事件は起きていないように思えた。もちろん所持品が壊れたりだとか、文房具を失くしたりということは起きていたようだが、別段気にするほどでもない。そのうちのいくつかはサッコがしたことかもしれないのだし。

一日、また一日と時間が過ぎていった。

私かサッコがイジメられ、島田が高笑いをする、今までどおりの毎日が過ぎていった。

サッコに呼び出されたのは二週間ほどが経過したある日だった。私たちはサッコの部屋で話す。

「おかしいわ」

いつになく暗い顔をしているサッコ。私は不安になる。

「呪いが効いていない」

「……そ、そうなの？」

「うん。変だよ。私けっこう観察してるんだけどね、全然島田たちに呪いがかかっていない」

やっぱり呪いなんてないんじゃないの。期待しすぎたんじゃないの？　心で思うけれど真剣なサッコの前では言えない。

「私のやり方がまずかったのかな。でも……そんなはずない。今回はしっかり師匠の言うこと聞いてやってるし、一つもミスはしていないはず。慎重には慎重を期して呪い重ねまでした。失敗なんて考えられない。呪い返しもされていないし、できっこない……」

自己暗示とか何とかって言ってたけど、そんなに人は都合よく動かないんじゃないかな。大体、そんなに呪いに確実で絶対的な効き目があるとしたら……もっと世の中で使われている気がする。分かんないけど、戦争とか暗殺とか、たくさん用途がありそうだもん。

最初から呪いなんて意味がなかったんじゃないか。

「このままだとまずいわ。師匠も言ってた、このパターンはいけない。今、呪いの力だけが宙に浮いている状態なのよ。私たちと島田の間に、行き場のない呪詛のエネルギーが蓄積されている。ちょっとした刺激で、あちら側にもこちら側にも巨大な憎しみが流れ込む可能性がある……危険だわ。本当に危険。どうして、どうしてこんなことに」

考え込むサッコ。私はそんなサッコを元気づけようとして言う。

「ね、ねえサッコ……そんなに気にする必要ないいんじゃないかな。呪いなんて、ひょっとしたら効果がないのかもよ」

とたんにサッコが鋭い目で私を見た。

「何だって？」

「え？　いや、あまり気にしすぎるのもよくないかなって……」

「ミサト！」

ハッと私は口をつぐむ。

サッコが鬼のような表情で私を睨《にら》んでいた。

「あなた……まさかあなた、呪いが効かなければいいとか、効かないでほしいとか思ってないでしょうね？」

「え？　サッコ？」

「答えて！」

サッコの声は絶叫に近い。

「そ、そこまでは思ってないよ。ただちょっと……その、怖いって思って……大変なことになるほど効かなければいいなって思ったりはしたけど」

私の言葉を聞いた瞬間、サッコの表情が壊れた。

口は顎が外れるかと思うほど開き、歯をむき出し、目は見開かれ、泣き出しそうなほどに眉が下がった。そしてピンク色だった肌が奇妙なほど白く変色していく。

「こ、こ、こ、怖いだって？」

サッコの体から力が抜け、糸を失った操り人形のようにヘナヘナと崩れ落ちた。慌て私はその体を支える。サッコは私の手を振り払い、細い声で言った。

「何言ってるの。あれだけ念を押したじゃない。呪うときは覚悟と信念を持ってって。そうじゃないと呪いが返ってくるって言ったじゃない！　怖がるって何？　私説明したよね？　自己暗示の仕組みとか、呪いのルールとか、あんなに細かく一生懸命説明したよ？　聞いてたよね？　分かったって言ってたよね？」

「サッコ、サッコ？」

「身代わり人形だって作ったじゃない！　呪いのこと詳しく知らないミサトが不安にならないように作ったんだよ！　あれ作るのけっこう大変なんだから。一晩中起きていないとできないんだよ。普通だったらそこまでしないんだから。ミサトが友達だったからしたんだよ！　ねえ！」

「お願い、落ちついてサッコ！」

　こんなに怖いサッコを見たのは初めて。私は泣きべそをかきそうになりながら、必死でサッコに呼び掛ける。

「落ちついてなんかいられないよ！　ああ、なんてことだ。呪いは失敗したんだ。失敗だよ。ミサトのせいで呪いは失敗だ！　これがどういうことが分かる？　私たち死ぬよ！　死ぬんだよ！」

「そんなはずないよ！　呪いは自己暗示なんでしょ？　だったらそれが相手に効かな

くても、私たちが死ぬなんてことにならないよ」

「バカ！　ミサトのバカ！　何度も言わせないで。暗示の力は凄いって言ったじゃない。もっと言わなきゃ分かんないの？　私が呪いをかけるって言うのはね、『呪いが相手にかかる』っていう自己暗示を私自身にかけることなんだよ。そういう暗示を自分にかけないと、相手に死ぬような自己暗示なんかかけられないわけ。私は自分に暗示をかけた。『呪いがかかる。島田たちは死の自己暗示にかかる。そのために、私は命をかける』って。それが呪いの儀式なの！　あの儀式は敵と私たちの二者択一なのよ。儀式をした瞬間から、敵か私たちかのどちらかが自己暗示にかかるまで、この呪いは消えないんだよ！」

「そんな。そんな危険なこと、どうしてしたのよ」

「うまくいってたんだよ！　儀式は完璧だったし、工作も成功した。自信があったの。絶対にうまくいく自信が。ミサトだってあいつらのこと恨んでいると思ってたし。まさか、効かなければいいと思うだなんて、考えなかったもの！　それがなければ絶対にうまくいっていたのに！」

　ああああああああああ。

　喉をこするような声でサッコが絶望の叫びを上げる。

「ミサトのバカ！　私たち死んじゃうよ！　死んじゃう！　呪いが返ってくる！　呪

いの儀式をやったのは私だから、私がきっと先に死ぬ。次はミサト、あんただよ！　あんたも絶対逃げられないよ！　ああ、どうしてこんなことにならなきゃならないの。もともとイジメられていたのはミサトじゃないか！　ミサトのこと助けたくて、ミサトをかばったら、私がイジメられた。ミサトのせいだよ。分かってるんでしょ、そんなことくらい？　それでも私、あんたのために仕返しの方法を見つけてきてあげたんだよ。呪いのやり方を伝えて、準備もして、実際の儀式も工作も身代わり人形作りも全部私がやって！　ミサトのために……ミサトのために！　なのに、なのに、どうして私を裏切るの！　どうして私をこんな目に遭わせるのよお……」

サッコが血走った目で私の髪の毛を掴み、物凄い力で引っ張る。痛くてたまらなくて思わず目を閉じる。髪の毛が放されたと思うや否や、首にサッコの手が伸びる。細くて長いサッコの指が私の気管と頸動脈を押し潰そうと締め付けた。気が遠くなる。

「……サッコ……」

「もう手遅れだよ。二週間も経っちゃったんだ。もう師匠に言ったって絶対無理。おしまいだよ私たち。私みたいに正義のために頑張った人間が死んで、島田たちは生き残る。最悪だ。あんたのせいで最悪だ。分かってんのかよ!!」

舌の先がピリピリする感じ。首から上に血が来ていない。ヤバい。

このままじゃ殺される。

本当に殺される。

私は必死でもがく。振り回した足がサッコのみぞおちに当たり、私は何とかサッコを引きはがすことができた。サッコは咳をしながらヨロヨロと後退し、ドシンと壁にぶつかる。荒い息をしながら私も後ずさりし、距離を取った。二人は狭い部屋の中でお互いににらみ合う。

「痛い……痛いよ、ミサト！」

「……」

「こんなに痛いはずないわ。どうして気づかなかったんだろう。……呪いが返ってきているんだ。そのせいで私の抵抗力が落ちているんだ。だからこんな蹴りでも凄く痛い」

「サッコ、それは」

思い込みじゃないの。

「ああ、そうだ。そういえば昨日針で指を刺したんだ。……ね、ミサト、知ってるよね？　私お裁縫上手だよね？　針で指を刺すなんてありえないんだよ。この数年そんなことなかったもの。あれもまさか、まさか……」

「偶然だよ、サッコ！　落ちついて」

そんなこと言い出したらダメ。サッコの言っていた自己暗示のパターンじゃない。

疑う気になれば、何だって呪いのせいだととらえられちゃうよ。

「あんたに言われたくないよ！　あんたはいいよね、すぐに呪いが返ってこないから。だけど私には猛烈に返ってくる。五人呪ったんだよ。五人！　それが私一人に振りかかる。死ぬわ！　いや、死ぬだけじゃすまない。どんな、痛みと、苦しみが、私に、かかって、くる、こと、か」

サッコが震える。

自分でも抑えられないらしい。全身がガクガクと痙攣している。サッコの視線は私の後ろの棚に向けられていた。何か恐ろしいものでも見えているのか？　私は振り返る。

カラスが何かを食っている。そう見えた。

後ろの窓が開いている。そこでバサバサとカラスがはばたきながら、乱暴に何かつついている。何だ？　動物ではない。人形？

ずっと前、遊びに来たときに見た覚えがある。サッコのベッドのそばに置かれていたクマの人形だ。小学生の頃からだから、かなり長いこと愛用していたものだろう。直感する。

あれはサッコの、身代わり人形だ。

カラスがヒョイと顔を上げる。その嘴《くちばし》にはガラス玉が一つくわえられていた。人形の目だ。夕日を浴びて赤くしたたるように輝く。身代わり人形は目をえぐりとられ、頭をズタズタに引き裂かれて、ぼろきれのように……。

「――――――――――――――――――――」

高い高い笛のような悲鳴がサッコの口から放たれる。

ドアを乱暴に開けると、サッコは部屋から飛び出した。

「サッコ！」

私は追いかける。転げ落ちるように階段を下っていくサッコの後ろ姿が見えた。速い。信じられないくらい速い。

「待って！　サッコ！」

急いで階段を下りる。玄関のドアが開け放しになっていて、まだ少し揺れている。靴も履かずにどこへ行ったんだろう。

外に出る。いつもと同じように平和な光景が広がっていた。日没が近い。暗くなりかけた道路で、まだ子どもたちがボールを使って遊んでいる。小さな男の子は転んだのだろう、涙ぐみながらしゃがみこんでいた。電信柱の長い影がアスファルトの上に伸び、買い物帰りの女性がベビーカーを押しながらゆっくりと歩いてくる。どこからか夕飯の準備をする良い匂い。

サッコの姿はどこにもなかった。

私は夜中までサッコを捜した。

何度も声を上げて呼びかけながら捜した。昔良く遊んだ公園も、駅前の喫茶店も、学校にも行って捜した。深夜になりサッコの両親が帰ってくると、サッコがいなくなってしまったことを伝え、一緒に捜した。警察や近所の人も協力してくれた。

必死で捜して、捜して、捜して……。

サッコは一週間後に見つかった。


サッコの遺体を見ることはできなかった。

ひどい有様なので見ないほうがいいと言われてしまったのだ。遺体と対面したサッコのお父さんから聞いたところによると、川に落ちて溺れた上に、体を動物に食い荒らされていたらしい。浸透圧で体内に水が入ってブヨブヨに膨らみ、その肉を食いちぎられ、水腐りしていたサッコの体。

想像して、私は気が遠くなりそうだった。

葬式にはクラス全員が参列した。私もサッコの遺影を見つめて手を合わせた。島田たちはやる気なさそうに適当に頭を下げると、「カラオケ行こうぜ」などと言って式場から抜け出していった。

あれから島田に何か異状が起きた様子はない。今も普通にピンピンしている。ただ、サッコが死んだことで何か思うところでもあったのか、私に対するイジメは少し鎮静化した。

やっぱり呪いは失敗したんだろうか。

私のせいでサッコに呪いが返ってきて、サッコは死んでしまったんだろうか……。分からない。ちっとも分からない。

あのときサッコは混乱していた。呪いのことをひどく怖がっていた。呪いを警戒するあまり、蹴られた痛みだとか、針で指を刺したことなんかを無理に悪いほうにとらえていた。

あの身代わり人形。

確かにカラスが人形の目をえぐりとっていたのにはゾッとしたが、カラスは光るものやガラス製のものを集める習性があるという。窓の近くに置かれていた人形の目がカラスの興味をずっとひいていて、あのときたまたま窓が開いていたから奪いに来たのかもしれない。

全てはただの偶然で、サッコはそれを呪いだと信じ、死ぬという「自己暗示」を自分にかけて自滅した。錯乱して走っていればうっかり川に落ちることはありうるし、死体が川に棲んでいる魚や鳥につつかれることだって特別なことではない。

呪いなんてなかった。

……そう考えていいのかもしれない。

そうだよ。きっとそうだと思う。サッコ自身が、呪いは超常現象ではなくて「暗示」という精神的なものだって言っていたじゃないか。きっとそうなんだ。何も怖がる必要なんかない。

……。

サッコは言っていた。

『呪いは返ってくる。まずは私。次はミサト、あんただよ。私たち、死ぬんだ』

時間差で私にも呪いが襲い掛かってくるのだろうか。

怖いから、自分の身代わり人形はずっと窓のそばに置いてある。何だか最近、このぬいぐるみが黒ずんできた気がする……。

そんなこと考えちゃダメだ。「暗示」にかかるぞ。ずっと置きっぱなしにしていれば汚れるし、日光を浴びて変色だってするかもしれない。

……。

無理だ。

私はいつかきっと呪いで死ぬだろう。あのときサッコが死んだときから、私にはそれが運命づけられたんだ。

呪いが本当に超常現象なら、サッコを襲った五人分の呪いが私にもいつか返ってきて死ぬ。

もし呪いがただの自己暗示にすぎないとしても、私はいつか不安のあまり自分に暗示をかけてしまうだろう。サッコがあんな死に方をしたんだ。今すでに不安でたまらない。偶然でも何でも、不幸なことがちょっとでも連続して起きたら……私は「あのときの呪いだ」という思いをきっと抱いてしまう。そうしたらサッコのように、色々なものが怖くてたまらなくなり、錯乱して自ら……死ぬだろう。

どちらにしろ、私は長くないんだ。私は絶望的な気持ちで空を眺める。

太陽が灰色に見えた。


あなたは気をつけて。

私とサッコのことを無駄にしないでね。誰かを呪ってはダメ。誰かに呪われるようなことをしてもダメ。誰からも恨みを買わずに生きることは難しいかもしれないけれど、なるべく気をつけて。

サッコは言っていた。

『〝呪いが私に向けられている〟っていうことを意識した瞬間に呪いがかかるのよ』

この言葉から考えるなら、呪いをかけられないようにするためには「自分は呪いをかけられるようなことは何一つしていない」と考え続けるのがいいと思う。そう本心から自信を持って言えるように生きていれば、きっと大丈夫だ。何が起きてもそれは呪いのせいじゃない。ただの偶然と言っていいと思う。

だから真っ直ぐに生きればいいんだ……。

もうすでに何か悪いことをしてしまった人は、今さら仕方ないから、これ以上繰り返さないようにするしかないと思う……。

だけど、『〝呪いが私に向けられている〟っていうことを意識した瞬間に呪いがかかる』って、不思議だよね。もしかしたらさ、誰も呪いなんかかけていなくても、自分がそう意識しちゃったら呪いはかかるのかな？

……。

あなた、呪われているよ。

ごめんなさい。
ちょっと試してみたかっただけ。
私、もうすぐ死ぬから許して。
さよなら

僕は呪われている呪われている呪われている呪われている呪われている呪われている呪われている
呪われている呪われている呪われている呪われている呪われている呪われている呪われている呪わ
れている呪われている呪われている呪われている呪われている呪われている呪われている呪われて
いる呪われている呪われている呪われている呪われている呪われている呪われている呪われている
呪われている呪われている呪われている呪われている呪われている呪われている呪われている呪われて
いる呪われている呪われている呪われている呪われている呪われている呪われている呪われている
呪われている呪われている呪われている呪われている呪われている呪われている呪われている呪わ
れている呪われている呪われている呪われている呪われている呪われている呪われている呪われてい
る呪われている呪われている呪われている呪われている呪われている呪われている呪われている
呪われている呪われている呪われている呪われている呪われている呪われている呪われている呪われて
いる呪われている呪われている呪われている呪われている呪われている呪われている呪われている呪
われている呪われている呪われている呪われている呪われている呪われている呪われている呪われ
ている呪われている呪われている呪われている呪われている呪われている呪われている呪われている
呪われている呪われている呪われている呪われている呪われている呪われている呪われている呪
われている呪われている呪われている呪われている呪われている呪われている呪われている呪われて
いる呪わ～～～～

これで、僕も破滅できるといいのだが。

アトガキ

思えば中高一貫校に入ったのが僕の最大の失敗だった。

小学校四年生のときだったか。両親から中学受験を勧められて、あまり深く考えることなく僕はそれに同意した。

中学受験！

進学校！

エリートへの第一歩と言えば聞こえはいいけれど、あんなもの学歴社会が生んだ歪みの集積だ。

小学校の間、僕は毎日塾に通い、日曜日にはテストを受け、成績が下がれば親と教師に叱られ、友達と一緒に遊ぶこともできなかった。もともと僕はそんなに頭が良くないんだ。勉強のできるタイプじゃない。そりゃ努力である程度はカバーできる。でも僕はどう考えても、この道を選ぶべきじゃなかった。

だって世の中には本物の秀才って奴がゴロゴロいるんだ。僕が毎日毎日机にかじりつくようにしてやっと理解した算数の問題を、パッと見ただけで解いてしまう奴がいる。完全に頭のできが違うんだよ。

糞が。

それでも頑張ったさ。中高一貫校の受験さえ乗り切ってしまえば、他の奴らと違って高校受験はしなくて済む。今頑張った分、後で遊べるというわけだ。必死で頑張った。結果、県ナンバーワンの進学校に滑り込めたよ。まあ、あのときは嬉しかったさ。だけどね、入ってみりゃすぐ分かることなんだよ。ああいう学校にはそこらじゅうから秀才どもが集まってくるもんなんだ。

たちまち僕は落ちこぼれたよ。努力しても地方の小学校で三番がやっとの僕が、あんな奴らと勝負できるわけがないんだ。

授業のスピードだってバカみたいに速い。一日でも休んだら先生の言っていることがさっぱり分からない。二日休んだらもうダメだ。周りの奴らの言っていることもさっぱり分からない。

結局僕は授業についていくために、やっぱり必死で勉強しなきゃならなかった。

他の奴らは部活をやったり、彼女を作って遊んだりしていたさ。あいつらはそれでも十分良い成績が取れるんだからな。だけど僕は違う。遊ぶ時間を全部勉強につぎこんで、やっと落第せずにすむ始末だ。

あっという間に六年間が過ぎ去っていったよ。楽しかった思い出なんて何もない。思い出と言えば、単語帳作ったり問題集解いたり、先生や両親や家庭教師に怒られた思い出ばっかりだ。ああ、あと、同級生にバカにされた思い出かな。

糞が。

大学受験。言わずもがな、落ちたさ。十数校に願書出しておいて、もれなく全部落ちた。さすがに笑いが込み上げてきたね。そりゃ親は僕の味方だったよ。すぐさま予備校の入校手続きを取ってくれた。親は優しいさ。金も出してくれる。そして僕は一応真面目に机には向かう子だったからね、期待もしてくれているんだ。でもそれがそろそろきつくなってきたよね。

「良い学校に入れれば良い大学に入れる。良い大学に入れれば良い会社に入れる。良い会社に入れれば良い人生が待っている」

親はそう言って僕を励ますんだ。それは確かに日本で生きる上でのある種の真理だろうよ。だけどそれには前提がいる、「頭が良い」ことだ。両親はトップクラスの大学を出て、留学なんかもしちゃって、そりゃあいい会社に入っている。けっこうなことだ。だけどその成功体験は僕には当てはまらない。

僕は頭が悪いんだ。やってられないよ。

それから？　さんざん勉強して、嫌って言うほど徹夜して、なんとか大学に引っかかったよ。まあそこそこの学校だ。中堅、って言えばいいのかな。僕は正直疲れたね。だってもはや僕には分かっていたのだから。学歴レールとでも言うのかな。このレールに乗っている限り、ずっとこの苦しみが続くんだ。やっと入った大学だけど、ここでだって周りのライバルどもについていくために必死で勉強しなけりゃならないに決まっている。それだけじゃない。

大学の四年間が終わったら、今度は就職だ。また必死で対策をして、良い会社に入るために頑張らなきゃならない。

会社に入ったら？　同じだよ。優秀な同期たちと競争し、優秀な先輩方にイジメられ、優秀な後輩どもに追いかけられる。ホッとする暇なんかありゃしないんだ。結局僕はずっと同じような閉塞感の中で、せいぜい酒やちょっとした娯楽を楽しみにごまかしごまかし生きていくしかないわけだ。

バカらしい。

本当の本当に、バカらしい。

生まれながらに頭の良い奴らは得だよ。あいつら、どれだけのアドバンテージを貰えているのか分かっているのか？　百メートル競走で言えば六十メートルくらいの差が最初からついてんじゃないか。努力なんかじゃどうしようもないよ。国はあいつらから秀才税でも取って、僕のような頭の悪い奴を保護するべきじゃないのか？

腹が立つ。

明日、日本が沈没してしまえばいいのに。

ああそうだよ、僕はもう自分の人生なんかどうでもいいと思っていた。

でも自殺は怖い。

なら簡単だ、頭がおかしくなってしまえばいい。何年もかけて作られてきた僕の思考回路をぶっ壊して、もっと幸せハッピーなお気楽野郎になってしまえばいいんだ。

どれだけ楽になることか？

僕はさっそくこの計画を実行に移すことにしたよ。

僕の素敵な破滅計画だ。


しかしこの日本は本当にどうしようもない国だ。

どれだけ本屋を巡っても、狂う方法を書いた本が見つからないんだ。

鬱から脱出する方法だとか、頭がおかしくなった奴をどう治すだとか、まともな生活をさせるためにどんな投薬をするだとか、スピリチュアルだとか宗教で救われるだとか、そういう本はいっぱい並んでいる。でもそんなもの要らないんだ。だって元の生活に戻りたくなんかないんだから。僕は狂ってしまいたいんだよ。完全に狂ってしまいたいんだ。そういうニーズには誰も応えてくれないのか？

ああ、そうか。

こんな本書く奴らって、よく分からんけど大学の教授とかそういう偉い奴らだろ。あいつらは元から頭が良いから、僕みたいな頭の悪い人間が何を悩んでいるかなんて分かりゃしないんだ。だからこんな的外れな解決方法を偉そうに書籍化しやがる。

「自分の知識が鬱で苦しんでいる人を一人でも救う手助けになれば幸いだと——」

なんだこの宣伝文句は。ふざけている。お前の存在自体が僕の苦しみだって分かってんのか。お高くとまりやがって。まるで使えない。著者近影。髭なんか生やしやがって、そしてこの笑顔と来た。これが人を救いたい人間の顔かよ。悲壮感のかけらもない。僕たちを見下している顔にしか思えない。ニヤニヤ。

死ね！

じゃあいいさ。自分で調べるしかないってことだろ。もう世の中になんか期待はしないよ。僕は心の中で思いっきり毒を吐いてやった。ついでに本をビリビリに破いて、それだけじゃなくて書店に火をつけて全部の本を灰にする……そんな想像もしてやった。

もちろん表情には一切出さない。僕はごく普通で真面目な大学生さ。草食系文科系破滅希望男子。ざまあみろ。ざまあみろ。ざまあみろってってんだよしねえしねっ全員しんじまえっ。

僕は微笑みだけを浮かべて行儀よく書店から離れた。

一人でゼロから、狂う方法を探さなくてはいけなくなった。

僕が始めたのは、できるだけ多くの狂った人の話を知ることだった。彼らには様々なパターンがある。どんな種類のものでも良かった。とにかく資料を読みあさった。それもなるべく彼らを治療する医師が書いた資料などよりも、狂った当人が書いた手記を求めた。もっと言えば彼らの話を直接聞くことができれば良かったのだが、それはちょっと難しい。インターネットや図書館などを利用して様々なパターンを調べ続けた。

僕には勝算があった。

妄想の連鎖。

そう表現せざるを得ない症例がいくつもあるのだ。例えば一つ。

「体内に虫のようなものが蠢《うごめ》いている。昼は大人しくしているが、夜になると皮膚の下を這い回り、骨を削って食べている」という妄想を抱えている患者がいた。その患者を治療していた医師。彼は何カ月かに渡って献身的に話を聞いて、治療を試み、患者を理解しようと努めていた。虫がいるというのはどんな感じなのか、いつからそんな感覚がするようになったのか、その虫というのはどんな姿なのか……。

結果、彼は同様の妄想を発症してしまったという。

もちろん本人は妄想だとは気づかなかった。体内の虫の摘出手術をしてほしいと叫び出したところで、同僚たちによって取り押さえられたそうだ。彼はかつて自分が治療していた患者と同じ病棟に入れられることになる。治療のめどは立っていない。

これは一例にすぎない。

どうも、人間は精神を病んだ人に「引っ張られる」傾向があるらしい。

人間というものは、集団生活を営むゆえか相手と思考を合わせようとする本能がある。二人の人間が仲良くしようとすれば、ある程度価値観が似通っていく。同じ会社にいれば連帯感が生まれる。同じ学校にいれば、ライバル校に対して敵対感情が生まれる。それと同じ理屈のようだ。

正常な人間と精神を病んだ人が会話し続ければ、無意識のうちに後者に引っ張られる。彼らを「理解しよう」と考えたり、彼らの考え方に魅力を感じてしまったら、その傾向はさらに加速していく。

引っ張られないためには「こいつは狂っている。自分は正常だ」と考えて相手を否定し、交流を断つことが必要となる。異常者の側が「自分は正常だ」と考えている以上、こちら側も同じように考えなければ、負けてしまうのだ。

……逆に言えば「狂いたい」と思っているならば、狂っている人と接するだけで狂うことができる可能性が高い。もしそういった人と接することが難しくても、彼らが書いた生々しい手記を読むことによって似たような効果が得られるはずなのだ。

要は彼らの思考に「共感」できればいい。

少しでも共感できれば、そこが入り口になる。入り口が開いたら、そこをドンドン大きく広げていって、相手の思考に近づけていけばいいんだ。そうすればいつの間にか狂気に浸っているだろう。

彼らの手記をできるだけ感情移入して読む。まるで自分自身が少しずつおかしくなっていくような気分で読み続ける。感情をこめて音読したり、鏡に映した自分に向かって読んでみるのも効果が期待できる。

僕はそういう作業をひたすら続けた。

いくつか、うまくいきそうな手記もあった。

「やってはいけないことをやってしまう」ことに対して異常な憧れを持つ青年の話。彼はその感覚を押してはいけない非常ボタンや、壊すわけにはいかない貴重なガラスの置物などに喩えている。しかし彼は、美しい彼女に傷一つつけたくないと思うあまり、あえて彼女を破壊してしまった。そこから彼の狂気が加速し始める。快感を覚えてしまった彼は、美しい女性と付き合っては愛し、その上で殺人を繰り返すようになった。彼は四人を殺したところで逮捕された。捕まったときの台詞は「もう飽きてきたのでちょうど良かったです。慣れてしまいました。思えば慣れていなかった最初のときが一番、気持ちよかったですね」だったという。その感覚は僕にとっては感情移入しやすかった。

自分の記憶が曖昧になってしまう男性の話もあった。

強い精神的ショックから特定の記憶だけを綺麗さっぱり「なかったこと」にしてしまうのだという。やがてある程度の時間が経ったときにふと思い出したりするそうなのだ。通常ならそこまで大事には至らないというが、彼は精神的ショックが相当大きかったらしい。記憶の喪失を何度も繰り返すようになり、やがては自分自身の記憶が信じられなくなってしまったという。

そこが彼の正気の限界だった。

何回かの記憶の喪失と回復を繰り返すうちに、彼ははっきり気づいたのだ。自分が何度も何度も自分自身の記憶を消したり戻したりしているという事実に。ということは、今自分の中にある記憶は全て、作られたものかもしれない。他にも無数の「忘れた」記憶があるのかもしれない。それを知る方法はない。忘れたことすら忘れているのだから。

ひょっとしたら知らないうちに誰かを殺しているのかもしれないし、両親や友人や恋人ですら虚構の存在かもしれない。自分が生まれた故郷、過ごした子ども時代、勉強したこと、学校や部活、初恋、ファーストキス……その全てが正しい記憶なのか、不完全な記憶なのか判断することができない。自分の地盤の一切が、崩壊した。

それと同時に彼の心も崩壊した。

傍らにいた恋人の証言によると、彼は突然けたたましく笑い出したかと思うと、絶叫しながら飛び出していき、そのまま……マンションの八階から落ちたらしい。落下のエネルギーで彼の脳が砕け散るまで、彼が何を考えていたかは知りようがない。

彼を支えるべきだった恋人が、なぜ彼が完全に心のバランスを崩すまで症状を放置していたのか、その理由は、推測するほかない。しかし、自分の記憶が信じられなくなるというのも恐ろしい話だ。

軽い物忘れなら誰にでも起こる。この男性の症状はその延長だ。つまり、誰にでも起こりうるということだ。僕の記憶もどこまでが真実かなんて、分からない。

他にもある。

ありとあらゆる物体に対して「人間と同じように」感じてしまう女の子の話だ。他の生物を加工して便利な道具や、美味しい料理にすることは日常にありふれている。

その全てを人間に喩えて考え、可哀想だとか痛々しいだとか感情移入してしまうというものだった。ゴム製品を見れば、ゴムは植物の樹液、すなわち血液だと言って、吐き気を催す。食事もダメ。煮干しですら、残酷だと言って食べることができない。民族や文化によって、ウサギの皮を全部剥《は》いで丸焼きにした料理を残酷だと言う人もいるし、魚の尾頭付きが気持ち悪いという人もいる。僕だって猿が一匹丸ごと入った鍋料理とかはちょっとごめんだ。しかしその少女にとっては、煮干しですら人間の丸のままの干物のように見えているのだ。何も食べることができない。

結局彼女は栄養失調になり、精神的に不安定なまま何度も自殺を図り、最後には首をつって死んだという。彼女の日記には、友人に対する興味から次第にそういう妄想に取りつかれていく様が書かれていた。

後は、オカルトマニアの女の子の話か。

この子については資料が少ない。何枚かの日記が見つかっているだけだが、少なくとも二人の人間が正気を失っているところが興味深い。

イジメっ子に仕返ししようと二人の女の子が「呪い」を使おうとするのだが、首謀者のほうが「呪い返し」にかかったと妄信してパニックに陥り、川から足を滑らせて溺死してしまう。日記を書いていたもう一人のほうはそのときは冷静だったようだが、その一年後に謎の飛び降り自殺を遂げてしまう。

自殺に向かうその子を目撃した人物の証言によると、「やめて。来ないで！　返ってこないで！」などと泣き叫びながらフラフラと後ずさりするようにして窓から落ちたという。

呪いなどという自己暗示によって、自滅したということだろう。簡単な自己暗示をかけてしまうことは日常生活でも珍しくない。そのかけ方によっては、死ぬほど狂えるということだ。恐怖が自分に対する強迫観念を加速させる。そして、自らの心を自ら破壊してしまうのだ。

僕はそういった話をたくさん読んだ。共感できるものもたくさんあった。

しかし。


僕は狂えなかった。

少し心が揺さぶられるような感覚はあったが、今までの思考回路を全部ぶっ壊してくれるような狂気には至らなかった。僕が求めているのはこの世の全ての既成概念が取り払われて自由になるような感覚なんだ。こんな「ふーん」で終わるような話ではそこまではイケないらしい。

中にはこういった話で「妄想の連鎖」に取り込まれる人がいるのかもしれない。とてもうらやましい。逆に、まったく何も感じないという人もいるだろう。僕は比較的後者に近いようだ。だけど僕は、狂ってしまいたいんだ。僕の心が、前者に近ければよかったのに。

ちくしょう。

こうなったら、もう手段なんて選んでいられない。

たくさんの手記を読んで、巻き込まれて狂うのを待つなんてやり方じゃダメなんだ。甘すぎる。僕の心が狂わざるをえない状況を作り出さなきゃ。強制的に、自分の心をぶっ壊す。それくらいのことをやらないと。

どうやったらそうなるか？

メチャクチャなことをやってみたら、どうだろうか。

例えばだ。両親を殺し、友人も残らず殺す。そしてそこらじゅうにいる罪もない人間たちも殺害する。両親も友人もその他の人々に対しても、僕が殺意を向ける理由は何もない。恨みもなければ、殺して何かメリットがあるわけでもない。あえてそれをする。それも笑顔で。「やあ、おはよう」と挨拶をしながら。白昼、堂々と。

相当メチャクチャだ。

そんなことをするなんて、頭がおかしいとしか思えない。そう、頭がおかしくなきゃできないことだ。だから、その行動を先にやってしまえば、後から頭が追いかけておかしくなるんじゃないか……。

この方法はいけるかもしれない。

だけど、待てよ。

凄いバクチだぞ、これは。もし上手くいかなかったらどうする。

本当におかしくなれるんなら、何を犠牲にしてもかまわない。だけどダメだったら最悪だ。当然警察に捕まる。「狂いたかったんです」なんて何の言い訳にもならない。正気のまま、死刑。

そんなことになるんだったら最初から自殺したほうがましだ。

……もう少し目だたない行動にしよう。

メチャクチャなことをやってみる、というのは良いアイデアだ。だけど大量殺人はしない。もっと目立たず、失敗したとしても発覚しづらく、それでいて十分頭がおかしくなれそうなこと……。

僕は考え始める。

こんなに冷静に、狂う方法を考えている自分がなぜか虚しいように思えた。雑念を必死に振り払い、僕は考え続けた。

計画を実行に移す日が来た。

今日は曇天。平日の木曜日。

リュックサックを背負った僕の横には、女の子がいる。頬が赤く、目のクリッとした可愛い子だ。しかし表情は暗く下を向いている。彼女は十八歳だと言っていた。僕は彼女の背中を押す。彼女は僕に促されて、電車へと乗り込んだ。

山奥へと向かうこの電車の中に、乗客はほとんどいない。僕たちに目を留める人間は皆無だ。しかし、もし僕たちを見たらきっと山登りに出かけるカップルだと思うことだろう。

間違ってはいない。

僕と彼女はこれから山に登る。それも人気のない山奥を目指してひたすらに。途中からは登山道を外れて森の中へと入っていくだろう。そしてそこで、僕は彼女を殺すのだ。

彼女は自殺希望の女の子。

自殺を考える人間が集まる掲示板サイトで、死にたいと書き込んでいた子だ。理由は大学受験に失敗し、彼氏には二股をかけられ、悲しくて家出をして適当な男と遊んでいたら妊娠してしまった……というものだったか。

正直なところ僕はこの子の悲しい人生になんて興味はない。僕は慰めるフリをして彼女に近づいた。色々と話を聞いてやり、その中で適当に会話を挟み、生まれ変わったほうがいいことがあるというような方向に持って行き……。

やがて彼女は僕に「殺してください」と頼んだ。

僕の思惑どおりだった。

これから僕は彼女を殺す。人殺しをして、ムチャクチャなことをする。そうすれば僕の頭はおかしくなれるはずだ。彼女は死にたいと願い、僕はそれを叶える。僕は狂いたいと願い、彼女はその道具となる。需要と供給が一致した二人は、山へと向かう。

……もちろん僕は彼女に、僕が狂いたいから殺したいなどとは伝えていない。あくまで、僕は彼女に頼まれたから「しぶしぶ」殺してあげるだけだ。しかし、そのくらいの嘘はいいじゃないか。結果的に目的が達成されればいいはずだ。

彼女は死ぬつもりで出てきているから、誰にも行き場所を伝えていない。両親に対しては家出してから一切の連絡をしていないという。僕が彼女を殺しても発覚する可能性はかなり低い。

さらに言えば彼女と僕との接点はほとんどない。残っているのは掲示板サイトの書き込みログくらいのものだ。僕はネットカフェで書き込みをした。ネットカフェの会員カードは拾った他人のものを使用し、さらに監視カメラに顔が映らないように変装をしている。万が一彼女が殺されたことが発覚し、彼女が利用していた掲示板とそこに残っている怪しげな書き込み、そしてその書き込みをしたネットカフェまでは辿れても……僕まで辿り着くことはきっと難しい。

いける。

狂った後、罪に問われずに幸せに暮らしていくという、僕の望みが叶う。

僕は溢れ出る笑みを押し殺しながら、あたりを警戒する。

変装しているから大丈夫だとは思うが、あまり目撃されたくはない。そこから容疑がかかる可能性がある。

しかし警戒するまでもなく、車内に人の姿はなかった。こんな日に山登りする人間なんていないのかもしれない。再び、笑いが込み上げる。

女の子は相変わらず凍りついたような表情で、外を眺めていた。


無人駅を出てひたすらに歩く。

途中までは登山道を使うが、ある場所から森の中に向かって歩いていく。この日のためにあらかじめ調べておいた、殺し場へと。

「どこまで行くの？」

「もう少し先。そこならまず人は来ないし、死角になって誰にも見つからない」

僕はコンパスと地図で現在地を確認しながら答える。

「……分かった」

女の子は汗を流しながら、それでも歩き続ける。

道になっていない山はひどく歩きにくい。信じられないような傾斜が急に現れたりするし、ゴツゴツした岩や、地面の上を縦横無尽に伸びた木の根なんかが僕たちの歩みを妨げる。僕は女の子の手を引き、時には体を支えてやりながら進んだ。

やがて目的地が見えてくる。

岩が重なり合い、その上にさらに木々が載っかっている場所。その死角に五メートル四方ほどのちょっと開けた空間がある。そこには草がうっすらと生えていて、まるで自然の休憩場所のようだ。「作業」をするにふさわしい。

「ついた」

僕が言うと、女の子は目を丸くした。

「……わあ。凄い」

「ん？」

さっきまで僕に引っ張られていた女の子が、走り出す。そしてリュックを放り出し、草の上に寝転がって空を仰ぎ見た。

何やってんだか。

僕はゆっくりと歩いて、女の子のそばにリュックを置く。けっこうかかったな。僕は額の汗を拭く。

「こんな所があったんだね」

「うん。調べておいたんだ。来るのは大変だったけど、良さそうな所だろ」

女の子は大きく深呼吸をする。モンシロチョウがヒラヒラと飛んできた。女の子が伸ばした指先の周りを踊るように何度か回ると、僕たちをからかうようにどこかへと飛び去っていく。

僕は水筒を取り出し、中に入っている冷たい麦茶を飲む。

「あ、私も！」

女の子は興奮した様子で僕に向かって手を伸ばす。僕は麦茶を注ぎ、コップを差し出した。ゴクゴクと麦茶を飲み干す女の子。プハッと息を吐くと、笑顔で唇を拭った。

「お弁当持ってくればよかった」

そう言ってどこか切なそうな顔で笑う。

「そうだね。でも死ぬんだから要らないって言ったのは君だろ」

「……」

体育座りのまま、目を閉じる女の子。

僕たちの横をソヨソヨと風が吹き抜けていく。草と森の心地よい匂い。出発したときは灰色に淀んでいた空は、少しずつ晴れ始めていた。雲の隙間に顔を出した太陽、そこから発せられた光が僕たちを優しく温める。

遥か天空を、鳥が飛んでいた。

「……なんか」

女の子の目から、ポロポロと何かこぼれるのが見えた。

「……なんか……」

女の子は山を全身で感じながら、泣いていた。大粒の涙が一つ、また一つと転がるように地面に落ちる。

「……死にたく、なくなっちゃったよう……」

拭っても拭っても、涙は後から後から溢れ出す。麦茶のなくなったコップを地面に置き、女の子は泣いた。髪の毛が、足元の草花とシンクロしながら風に揺れる。

僕はそんな女の子を見つめながら、リュックサックを開いて水筒をしまう。それから中をまさぐる。あった、レインコート。

「……」

女の子が僕を見る。

「え？　雨？」

何か言いたそうだが、僕はそれには答えない。黙々とレインコートに着替え、前のボタンを止める。よし。綺麗にレインコートが着られたことを確認すると、僕は再びリュックサックを探る。

「……あの……？」

取り出したダガーナイフの重さを確かめるように握りしめる。うん、やっぱり取り回しやすいサイズだ。プラスチック製の鞘《さや》を取り外すと、日光を反射して刃がギラリと光った。

女の子の顔が引きつった。

「あ、あの。私、やっぱり嫌」

座ったまま後ずさりを始める。

「そう」

僕は適当に相槌を打つ。どこを狙うか。どこでもいいか？　両面に刃がついているダガーナイフの殺傷力は高い。大きなものは国内では所持禁止になっているほどだ。それでも狙うとすればやはり首か、腹だろう。早めにとどめを刺したほうが楽なはずだ。お互いに。

「嫌……やめて」

僕はスタスタと歩み寄る。女の子は後ろ向きに一度倒れ、慌てて手をついて立ち上がり、速足で僕から離れようとする。僕は置かれたコップを無造作に蹴り飛ばし、ただダガーナイフを握りしめて女の子に近づく。

「嫌！　自殺は、もうやめたいの！」

「そう」

僕は狂いたいんだ。そのために色々と頑張ってきたんだ。君の子どもっぽい悩みも聞いてあげたし、この場所を調べて、準備をして、連れてきた。ここまで来てやめられるか。君も僕の都合を少しは考えてほしいな。

僕は迷いなく右手を突き出した。刃はとっさに体をかばった女の子の手をかすめ、ほとんど手応えもなく親指を吹き飛ばした。

「やめて！　誰か！　助けて！」

ヒュッと目の前を飛び去っていった親指。変な感じだ。指人形みたいなやつが横に飛んでいったぞ。あんなもの、飛ぶのかよ。それもおかしな軌道だった。横に、ヒュッとさあ。

何が面白かったのかはよく分からないが、プッと僕は吹き出す。

「人殺し！」

女の子は指四本になった手を僕に向けながら、後ろに向かって歩く。おいおい、そんな歩き方したら。

根っこに足を取られてすっ転んだ。

「えぐっ」

一瞬息の止まったような声を上げる。

そりゃそうだ、こんなところで後ろ向きに歩くなんて。それにしても綺麗に一回転したな。僕はまた少し笑ってしまう。こんな状況で笑うなんて。順調におかしくなってきているぞ、よしよし。頭のどこかで冷静な僕がうなずいている。

女の子はどこかをすりむいたらしい。首のあたりから血を流している。それでも必死で立ち上がり、今度は僕に背を向けて走って逃げ出した。

「誰か！　お願い！　殺される！」

大声上げるなよ。登山道からはかなり離れた場所を選んできているけれど、万が一聞こえたらどうするんだ。のんびりしている暇はないな。まったく面倒くさい。僕は追いすがる。あまり手間をかけさせないでくれよ。みるみるうちに距離は縮まっていく。

追う僕のほうが速い。

体力的にも僕のほうが自信があるし、一度下見に来て山に慣れてもいる。そして冷静だ。女の子は完全に怯えて転がるように走っている。根っこに足を取られ、枝にぶつかり、バランスを崩しながらだ。そんな走り方で僕から逃げられるわけがない。

僕は走りながら左手を伸ばす。

届いた。女の子の服を掴んで、引っ張る。

「――――ッ!」

言葉にならない金切り声を上げる女の子の首を射程距離に収めて、落ちついて右手の刃を突き刺す。脊髄を避け、頸動脈を狙った。ズブリ。刺さった。

血を噴出させせながら女の子は崩れ落ちる。何かブクブクとうがいをするような声がゆっくりと僕の耳まで届く。殺人鬼に背中を向けるなんて、油断もいいところだよ。せめて正面切って、全力で抵抗したほうが良かった。そうされていたらこんなには簡単に急所を狙えなかっただろう。

君が逃げた時点で、君の死はもう決まっていたんだ。こちらを向いたまま逃げてもすっ転んで刺されただろうし、背中を向けながら逃げても追いつかれて刺されるわけだ。どっちにしろ、ダメだ。ふふっ。また笑いが出る。

血の泡を吹きながら虚空を見つめる女の子の顔。吹き出た血が葉っぱを濡らし、地面の上を流れていく。

その顔を見つめながら、僕は笑った。

大笑いしてやった。

あっはっはっはっはっは。

現実にどんなに面白いことがあったとしても、こんな大声で笑ったことはない。あははは。おかしい。本当におかしい。おかしい、僕の頭がおかしい、おかしくなれ。おかしくなれ！　ぶっ壊れてしまえ！　僕は僕は僕は、殺した！　ついに殺したんだ！　爆笑。

あっはっはっはっはっは。

口の端がひねり上がっているのが分かる。目じりが下がっているのが分かる。そしてその端から、とめどなく水が流れ落ちているのが分かる。

ポタポタ、ポタポタ。

涙は僕の頬を伝い、首に落ちて地面へと流れていく。右手に持ったナイフからも、ポタポタと赤い水滴が地面に落ちている。リズムが合ってるぞ。何これ。超面白い。

ああああああああああああ。

ああああああああああああ。

大笑いはいつの間にか絶叫に変わっていた。

僕の叫びがあたりの木々を揺らしてしまえばいい。葉を吹き飛ばし幹をなぎ倒し、森を滅ぼして山ごと砂漠になればいい。なればいいのに。

何も変わらなかった。

僕の叫びは虚しく轟《とどろ》くばかりで、木々はそよ風に優しく揺れているだけだ。小さな虫が僕に無関心に、花を求めて飛んでいる。お日さまが僕を照らしたり、雲が僕を隠したり。モンシロチョウがフワフワと能天気に僕の前を通り過ぎていく。殺したんだぞ。僕は殺したんだぞ。悪魔の所業だ。残酷すぎる殺人鬼だ。助けを求める無力な女の子の命を蹂躙《じゅうりん》し、わがままにも奪い取った。女の子は恐怖に顔を引きつらせて逃げて、今ここで無惨にも倒れ伏している。血だらけだ！　傷口からは肉が露出している！

そして僕は大笑いして、泣き叫んでいるんだ。

なのにどうして何も変わらない？

世界はちっとも変わらない！　そして、そして、そして。

僕の心もちっとも変わらない！

ああああああああああ。

叫び続けていたかった。そうしたら何も考えないでいられると思ったから。しかし僕の喉はそれに耐えられなかった。やがて声が嗄《か》れ、ただ息を吐くだけでも喉が焼けるように痛み始め、ついには声がほとんど出なくなってしまった。かすれた声でそれでも泣きながら、僕は女の子の死体のそばに座り込んでいた。

僕は、狂うことはできなかった。

頭がおかしくなるようなことをしたつもりだったのに、ちっともおかしくなんかならなかった。相変わらず僕の心には閉塞感があり、静かな絶望と落ちつきがあった。心から冷静だった……。

僕は愚かだった。

嫌なことが何もかも消え去って、素晴らしい解放感に包まれる。そんな都合のいいものがあるわけがないってことを、今痛感した。あり得ないものを追い求め続けた僕は、本当にバカだ。

何が狂気だ。

そんな子どもじみた発想に憧れて、都合のいいように世の中を見て、自分が世界で特別な人間であるかのように妄信していた。世の中の多くの人間と違って狂気を追い求めている自分。そんな自分がかっこいいという退廃的なヒーロー気分もあったかもしれない。

現実は違った。

どこまで行っても狂うことなんてできやしない。

人を殺した僕が言うのだから間違いない。人間は正気のまま、人殺しができる。そんなに難しくもない。とてつもなく恐ろしい行為のように思えるのは、単にやったことがないからだと思う。それから、そのように演出する教育の成果もあるかもしれない。実際のところはどうってことはない。

突き刺した瞬間は緊張する。興奮する。とんでもないことをしたと感じる。だけど相手が血を流して倒れて、その姿を見つめていると妙に冷静になってしまう。魚をさばくとか、虫を潰すとか、キャベツを一枚ずつはぐのとかとあまり変わらない。もっと言えば、プラモデルを壊すのとも本質的には変わらないんじゃないか。

あ、やっぱり死んだな。

くらいの感じだ。

それから死体を眺める。これは僕の場合だから他の人殺しが全員そうかどうかは分からないが、そんなに恐ろしくは感じないものだ。スプラッター映画が大の苦手な僕でも、女の子の死体を眺めていても何とも思わない。自分で殺したからだろうか？

狩人も動物の死体は怖がるが、自分が射殺した死体には恐怖感を抱かず、むしろ愛着さえ感じるという。

僕の場合もそれに近い。愛着とまではいかないが、虫の死がいとか、倒れた枯れ木を見るような気分だ。僕がこの子とほとんど関わっていないからかもしれない。これが長いこと一緒に過ごした恋人とか、友達とかだとまた違う可能性はある。

僕はさっきの場所に戻り、リュックサックを持ってきた。

解体用のナイフを取りだして女の子の死体を分解していく。

作業だ。本当に、作業。

骨を切り、血管を切り、筋肉を切る。鶏肉や牛肉を料理する前に切るのと大して変わらない。そう考えている自分を思うと、ひどく残酷な人間になってしまったように錯覚しかける。でも違うんだ。こっちのほうがリアルなんだ。

だってそうだろ。

人を殺したり、その処理をするたびに心がぶっ壊れるようなショックが襲いかかってくるとするなら、歴史上あんなに人殺しが生まれるわけがないじゃないか。各地の征服者、戦争、虐殺、星の数ほどの犯罪者たち。みんな殺してきた。さほど狂うこともなく。もっと言えば、原始時代には餌を取り合って人間は殺し合っていたんだ。

ここ数年が平和で、そんなに頻繁に他人を殺さなくなったからと言って……長きに渡って遺伝子に刷り込まれてきた殺しの記憶を簡単に人間が忘れられるわけがない。

リュックの中には料理道具がいくつか入っている。携帯燃料に鍋、網、それから調味料のたぐい。実を言うと、最初は殺した人間を食べようと思っていた。人間を食ったら、それだけの狂気的なことをすれば間違いなく頭がおかしくなれると思っていたから。

今はその行為に何の意味も感じない。

怖くなったわけじゃない。興味がないいんだ。

勇気なんか必要ない。目の前の肉を食うことは簡単にできるだろう。それはちっとも狂気的な行いじゃないってことだ。腹が減ったら飯を食う、それだけの行為だ。僕は人間を食ったところで素晴らしい感動も、狂気に対する自己満足も得られないだろうことに気づいてしまった。殺しても何の感動もなかったことで、僕の中では確信できていた。そして今はそんなにお腹が空いていないから食わない、ただそれだけだ。

はあ。僕はため息をつく。

これから女の子の骨だけを取り出さなくてはならない。肉は埋めてしまえば見つかるよりも早く腐り、微生物の餌になるだろうが、骨はそうはいかない。家に持ち帰ってよく砕くなりして処分しなければ、犯行が発覚する危険がある。

帰りの電車のことを考えると、あと数時間くらいで処理を終えて山を下り始めたいところだ。

はあ。

僕は徒労感に包まれながら、作業を急いだ。


日はゆっくりと沈みつつある。

僕はほとんど惰性で歩いていた。狂えなかったんだ。ちっとも狂えず、解体作業の最後まで僕はきちんと正気だった。我を忘れもしなかったし、今までの記憶を失いもしなかった。

虚しかった。

長いことずっと考えていた狂気という逃げ道が、完全に否定されてしまって虚無感に包まれていた。

とにかくもう家に帰りたい。家でただぐっすりと眠りたい。

そして明日から、どうしたらいいんだ？

途方に暮れながら僕は山を下り、駅に辿り着いた。駅前の公衆便所に入って自分の姿を鏡で確認する。返り血対策にレインコートを使ったのは正解だった。ほとんど血ははねていない。

ズボンの端っこに数滴だけ赤黒いものがこびりついている。僕は爪の先でそれを削り落とした。帰ったらレインコートは焼却炉に叩き込んでしまおう。

体中が汗臭い。自分では気がつかないが、ひょっとしたら血の匂いもついているかもしれない。僕は消臭スプレーを全身にまぶす。スプレーの人工的な香料の匂いはついてしまうが、血の匂いをプンプンさせているよりはマシだ。

リュックサックの中の骨をもう一度確認する。丈夫なビニール袋で三重にして、しまってある。きちんと密閉されているな。ＯＫ。解体をしている中で、完全に肉と骨を分解することはできなかった。どうしても骨の周りに少し肉が残ってしまうのだ。そのあたりは諦めて、外せる部分の肉だけを外して残りは骨と一緒に持ってきた。

切符を買って改札口を通る。

暗闇を切り裂くように光り輝きながらやってきた電車に、僕は乗る。

乗客はみんな大人しかった。

大きなリュックをドシンと床に置いて、フウとため息をつきながら座席に座る僕のことを正面に座っている人がチラリと見る。そして大した興味もなさそうに眼をそらし、手元の携帯電話に視線を戻した。

座席には行儀よく何人もの人間が座り、眠っている者、本を読んでいる者、携帯電話で何かしている者、それぞれ静かに自分のしたいことをしている。

隣に座っている女の子をチラッと僕は見る。僕は消臭スプレーの香りをプンプンさせていて、正直横にいてあまり快適ではないだろう。それでも女の子は不快感をおくびにも出さず、文庫本のページを捲《めく》っている。こんなに狭い空間に何十人もの人間が詰まっていて、会話は一切ない。車掌が次の駅名を告げるだけだ。それぞれに他の人の邪魔をせず、自分の世界に入って目的地までじっと待機している。

何だか違和感がある。居心地が悪い。気分も優れない。

来るときはこんなことを考えなかった。でも、何か変だ。何か……。

まさか。

気がついたとき、僕は背中が凍えるようだった。

これこそが狂気なんじゃないか。

そうだ、妄想の連鎖。

全員が同じ妄想に取りつかれている。どんな妄想かってうまく言えないけれど、

「人間は人を殺しなどしない、善良で賢明な生物。この中に殺人鬼なんているわけがないし、いても自分が殺されることなんてありえない。人を殺すような人間は完全に人の道を外れた者で、自分とはまったく関係のない存在だ……」

という、妄想。

女の子を惨殺して解体し、その骨を担いで来た僕がここにいるんだぞ。ダガーナイフだってまだ持っているし、念のため予備として持参したサバイバルナイフだってある。そんな僕の真横に座って本を読む人。僕の斜め前で眠っている人。無防備すぎる。僕がちょっとその気になったら、みんな殺せる。少なくとも最初の何人かは気づかれないうちに殺せるだろう。

こいつら、狂ってる！

電車の中でこうなんだから、日常生活でもいつもこんな感じなんだろうな。学校でも会社でも適度に優しくて大人しくて、仲良く遊びに行ったり飲みに行ったり、お互いのことを褒め合って、遠慮し合って、自分のことは謙遜して、空気を読んで、文明

人ぶって……。

怖い。

全員が同じ妄想に取りつかれた狂気の集団だ。

患者を理解しようとするあまり、体内の虫を摘出してくれと叫び出した医者と同じだ。

そうか、ひょっとしたら。

僕は自分自身ができそこないで、うまくみんなと一緒にやっていけないから狂ってしまいたいと思っていた。けれど、それは大きな勘違いだったのかもしれない。

むしろ僕以外のみんなが狂っているんだ。

みんないつの間にか同じような狂気に包まれて、集団で生活している。僕はうまく「狂えなかった」んだ。だから、浮いてしまった。そうだよ。あの鬱病患者に向けた本の著者近影の写真。あのニヤニヤとした笑顔に僕は怒りを感じた。だけど今では不気味さを感じる。あいつは狂っているんだ。そして僕たちを「正しく」狂わそうとしてあの本を書いているんだ。良かれと思って、自分は正常のつもりで……。

怖い！

何で気がつかなかったんだ。「狂っている人は、自分が正常だと主張する」じゃないか。みんなが正常ってことは……つまりみんなが狂っている可能性があるってことだ。

そりゃあ僕は、みんなから見ればきっとおかしな人間なんだろう。狂いたいと考えているところだとか、そのために手記を集めて読みふけったりだとか、挙句の果てに人を一人殺して処理しようとするだとか……。危険で、病的に見えるだろう。それでも僕は、自分が正常でないという思いから必死で自分を模索していたんだ。そんな僕と、自分が正常だって考えて疑わない人たちと……どっちが狂っているって言うんだ？

助けて。

僕は今まで、ずっと狂気を求めているつもりだった。違ったんだ。僕は社会の中に取り込まれて、周りの人間と同じように狂ってしまうのが怖くて、一人で正常であり続けようと苦闘していたんだ。自分と世界との矛盾に苦しんで、ついには女の子を一人殺してしまった。だけどそこで見つけ出したのは、やっぱり自分は正常だという確信だけだった！

怖い。

狂った人たちが電車に乗ってくる。

電車が都心に近付くにつれ、どんどん人が乗ってくる。座席はもう満員、つり革につかまってたくさんの人が立っている。

みんな疑問に思わないのか？　みんな自分たちが狂っているって思わないのか？　僕一人だけが気づいている……これだけ人間がいるのに？　それともみんな、気づいていながら狂気に身を任せているんだろうか。どうしてそんなことができるんだろう。分からない……全然分からない。

怖くてたまらない。

僕は非情にも女の子を殺した犯罪者だ。本来であれば僕のことをみんなが怖がってもおかしくないはずなのに、まるで逆だ。僕はみんなのことが怖くてたまらないんだ。冷や汗が体中からダラダラと流れている。背中がびっしょりと濡れ、額には玉のような汗の粒が湧き出しているのが分かる。骨の髄が凍るような気分で、僕はブルブルと震える。

逃げ出したい。ここから逃げ出して、狂った人がいないところに行きたい。でもどこへ行ったらいいいんだ？　日本中どこへ行っても、狂った人が優しく微笑みかけてくれるだろう。いや、ひょっとしたら世界中でそうかもしれない。僕はどこへも行けない。どこへも行けずこの座席に座ったまま、脂汗をかいている。心臓が凍りつきそうだ。

電車の中にぎっしりと詰まった人間たち、何て気味が悪いんだろう。

お互いに顔を合わせず、下を向くか上を向くかして無表情に黙りこくっている。それぞれの体臭や吐息がすぐそこから漂ってくるのに、場合によっては知らない人間と体が触れ合うのに、素知らぬ顔をしている。その能面を貼りつけたような顔。

僕の目の前にも何人かの人が立っている。床に置かれた僕のリュックを邪魔そうにしながらも、何も言わない。電車が揺れるとリュックが傾いて、横のサラリーマン風の男性に当たる。僕がリュックを掴んで引き戻すと、男性は軽く頭を下げて無言のまま携帯を見つめた。

リュックの中には女の子がいる。女の子の骨がカタカタ鳴っている。

みんな狂ってる。

君も狂ってる。

何もかも狂ってる。

誰か助けて。

誰か助けて……。

たすけて

本書は『クルイタイ』（二〇一二年、文芸社）を加筆・修正のうえ、改題し文庫化したものです。

文芸社文庫

狂化

二〇一六年八月十五日　初版第一刷発行

著　者　二宮敦人
発行者　瓜谷綱延
発行所　株式会社　文芸社
〒一六〇−〇〇二二
東京都新宿区新宿一−一〇−一
電話　〇三−五三六九−三〇六〇（代表）
〇三−五三六九−二二九九（販売）

印刷所　図書印刷株式会社
装幀者　三村淳

ISBN978-4-286-17757-1